W0418218

LA FEMME DE SEL

DU MÊME AUTEUR

La main

roman, éd. Luce Wilquin, Avin, 1996

L'inventeur de paraboles

nouvelles, éd. Luce Wilquin, Avin, 1997

Dialogues anonymes
suivis de *Histoires d'une chute vers le sommeil*

poésie, éd. EDIFIE-L.L.N.,
collection Maelström, 1998

Samuel est mort

roman, éd. L'Age d'Homme, 1999

CARINO BUCCIARELLI

LA FEMME DE SEL

Roman

L'AGE D'HOMME

Collection *Contemporains*
dirigée par Claude Frochaux

© 2001 by Editions L'Age d'Homme, Lausanne, Suisse.

PREMIÈRE PARTIE

1

La façade de cette maison ne présente aux yeux des passants aucun signe particulier. Sa banalité efface les regards sitôt posés sur elle. Prise entre deux immeubles en tout point semblables, elle ne possède pas même une couleur individuelle; sa brique se confond avec la brique des autres bâtisses. Ses quatre fenêtres occultées par des rideaux ternes n'inspirent aucune curiosité; et l'on peut imaginer que jamais un coup d'œil indiscret venu de la rue ne les traverse.

Pourtant j'habite derrière cette façade; et pour rien au monde vous ne voudriez vivre là.

A une époque, je quittais rarement le premier étage de mon plein gré. Là, je me sentais à l'abri des agissements confus perpétrés dans les autres pièces. Mais une fois par jour, une obligation me poussait à descendre vers la cave. En aucun cas je n'aurais voulu ou pu me soustraire à ce voyage dans les entrailles de ma propre demeure. Je préparais un repas — oh! pas le mien, moi je mangeais toujours froid — et, l'assiette à la main, j'ouvrais la porte de la cave. Je me concentrais quelques secondes avant de mettre le pied sur la première marche de l'escalier.

En bas se trouvait mon père.

Invariablement, pour engager la conversation, je lui faisais le même reproche :

– Papa, pourquoi n'allumes-tu pas ? J'ai fait placer un éclairage intense ici pour que tu ne demeures pas dans l'obscurité.

Chaque jour, il me répondait :

– J'éclaire souvent le soir quand tu n'es pas là. Le jour, la lumière du soupirail me suffit.

Ses yeux se sont à la longue habitués à la pénombre, je le savais, mais cette question me permettait de briser le silence. Lui aussi y trouvait du réconfort.

Je posais l'assiette sur une caisse renversée près de sa chaise en me promettant chaque fois de lui descendre une table le lendemain. Il s'installait calmement devant son plat, soulevait le papier de protection et regardait attentivement la préparation du jour. Des mets simples qui lui convenaient. Je ne me souviens pas d'un seul reproche, du moindre caprice concernant ses repas. Il mangeait lentement. Je n'avais qu'une envie, remonter dans ma chambre. Mais j'avais un devoir, rester près de mon père. Quand il avait fini, il s'essuyait les mains sur son pantalon. Quelquefois il se levait pour aller boire, directement la bouche au robinet, ignorant le verre laissé à son intention.

– L'eau de la douche est-elle assez chaude ?

Cette question, je la posais rarement. Je ne pouvais dire à mon propre père : « Lave-toi, voyons, lave-toi plus souvent ! ».

– Oui, répondait-il, évasif.

Je descendais des serviettes, du savon, du linge propre. Il en usait peu. Il prenait pourtant un soin tout particulier à se raser. L'unique reproche que je lui dois concernant son mode de vie se rapporte à ses lames, dont j'avais négligé le renouvellement :

– Ton père ne mérite donc plus de se raser comme n'importe quel être humain?

Je ne m'excusai pas. Le jour même je réparai mon oubli.

Quand son odeur corporelle devenait trop forte, je rangeais ostensiblement son nécessaire. Il avait horreur de me voir mettre de l'ordre dans ses affaires déjà scrupuleusement mises en place par ses soins; il en devenait grognon, mais il comprenait; et le lendemain, je le trouvais propre et habillé de frais.

Un jour, je tardai à lui descendre son unique repas quotidien. L'envie me manquait comme chaque fois; et ce matin-là, une apathie irrésistible me clouait dans la cuisine. L'assiette de mon père refroidissait sur la tablette. Je restais debout, l'épaule appuyée contre un mur. Les minutes passaient; une heure; puis deux. La tâche devenait de plus en plus difficile. Je me décidai brusquement. Je le fais tous les jours, pensai-je, alors pourquoi pas aujourd'hui.

Comme à son habitude, mon père, dans la pénombre, ne fit aucune remarque.

Il mangea.

Cette fois, je m'attardai plus longuement. Nous demeurions silencieux.

Puis, je pris la parole :

– N'as-tu pas envie de sortir?

– Tu fermes la porte à clef.

– C'est un geste machinal, je pourrais très bien ne pas le faire si tu le demandais. Tu n'exprimes jamais aucun désir, père, comment savoir ce que tu veux ou non au sujet de cette porte.

– Non, fermée à clef, cela me rassure. Je ne risque pas dans une crise de somnambulisme de sortir par inadvertance.

– Tu te lèves dans ton sommeil?

– Jamais! Enfin, je ne crois pas; qui pourrait en témoigner? Mais de toute façon, la porte fermée, c'est une très bonne chose.

– Et ma proposition?

– De quoi parles-tu?

– De sortir.

– C'est trop tôt. Pas maintenant. J'ai vécu dehors très longtemps. Les souvenirs que j'en garde ne m'encouragent pas à retrouver ce mode de vie. Ici, je peux écouter à loisir tous les bruits de l'intérieur, de l'extérieur et de mon propre corps la nuit quand le silence atteint sa plus grande qualité. Mon cœur bat, mon sang circule, j'entends son flux et cela m'apaise. Retourner dans le monde d'où tu viens signifie me priver de ces chuchotements.

– Il ne te manque rien?

– Si, si, mon fils, il me manque une chose importante.

Il se tut.

Je l'encourageai :

– Dis-moi finalement ce que tu souhaites.

– Je n'ai jamais menti. Mon mutisme au sujet de ma situation laissait croire que j'étais satisfait de mon sort. Il n'en est rien. Un mal me ronge; une douleur persistante, toute naturelle dans ce cadre de vie, me tient en éveil chaque instant : je souffre de solitude. Malgré les apparences, je n'ai pu surmonter cette condition. Depuis combien de temps suis-je ici?

– Je n'ai pas la mémoire des dates. Disons, depuis plusieurs années. Père, veux-tu que je reste plus longtemps auprès de toi après ton repas ?

– Ta présence n'est pas suffisante. Tu as hérité de moi un penchant à fuir tes géniteurs. Je ne peux te le reprocher, tu me ressembles, mais ce trait de caractère t'ôte la capacité de prendre plaisir à ma compagnie ; fatalement, je ne ressens aucun bienfait à ta présence. Ce qu'il me faut, c'est autre chose !

Il hésita, puis :

– Une femme ! J'ai besoin d'une femme !

– Comment pourrais-je convaincre une inconnue de partager ton sort ?

Je ne me départis pas de mon calme. Son souhait s'annihilait de lui-même. Il ne pouvait compter que sur moi ; et malgré mes dispositions à rendre son existence plus douce, je n'avais pas à accomplir l'impossible. Toutefois, j'étais disposé à rester un quart d'heure de plus. Nous n'avions pas, depuis des années, parlé de façon soutenue. Si cela lui procurait de la satisfaction, mon temps n'était pas perdu. Je m'assis près de lui pour lui montrer ma bonne volonté. Je ne sentais pas le besoin de trouver des arguments quant à l'inaccomplissement de son souhait, quand il me dit :

– Construis-moi une femme !

Ma placidité encore me servit.

– Tu ne réagis pas.

– Je réfléchis, père.

– A la méthode ? Inutile, je connais parfaitement le moyen de construire une femme. Je n'ai pas l'énergie nécessaire pour le faire moi-même.

– Et si l'entreprise échoue ?

– Je n'y ai pas pensé. Je me suiciderai probablement, tous les pères le font. Acceptes-tu que je te révèle la manière de me façonner une compagne ?

Cela méritait réflexion. L'incidence d'une telle tentative, réussie ou non, aurait des conséquences sur ma vie dans la maison. Mon tempérament pondéré m'empêchait d'acquiescer immédiatement à la requête de mon père ; cette même nature m'interdisait de lui dire non de but en blanc, comme j'aurais dû le faire, pour changer d'avis par la suite, ainsi qu'on le fait d'ordinaire devant une proposition délicate. La spontanéité réclamée par la situation me manquait. Je réfléchissais. Je ne pouvais promettre puis me rétracter. Je réfléchissais toujours. La besogne n'échouerait pas. Venant d'un homme aussi modeste, une telle sollicitation était fondée, je n'en doutais pas.

– Comment dois-je faire ?

– Dans la cuisine, voilà bien longtemps, j'avais caché du sel, beaucoup de sel. Tu ne fouilles jamais dans les armoires basses, j'en suis persuadé. J'ai entreposé plusieurs cartons lourds et bien fermés. Tu les trouveras ; il suffit de te baisser et de tendre le bras ; l'effort n'est pas excessif, tu le vois. Je tiens simplement à savoir si tu te sens prêt.

– On ne l'est jamais vraiment, mais je me suis engagé ; allons de l'avant à présent.

– Renverse le sel sur le sol, continua mon père avec son calme habituel. Il y en aura une certaine quantité. Humidifie-le ; pas trop mais pas trop peu ; le mélange juste ; tu sentiras par toi-même. Ensuite, pétris le sel mouillé ; longuement, sans arrêt ; et chaque fois qu'une masse pâteuse s'écarte de l'amas, ramène-la vers le centre d'un mouvement de la main. Tu racleras le sol consciencieusement de ta paume; que peu de matière s'éparpille.

« Quand la fatigue se fera sentir, arrête; la souffrance n'apportera rien à ce labeur. A ce moment, avec l'énergie qui te reste, donne à ce monticule blanchâtre la forme d'un corps humain. Si tu n'as pas exagéré la quantité d'eau, les contours tiendront. Ton travail se terminera là.

« Alors, t'ai-je demandé l'infaisable?

Il n'était pas indispensable de répondre. J'allais exécuter cette besogne. Mon père, malgré nos différences, avait du respect pour son fils; jamais il ne m'aurait demandé une tâche au-delà de mes moyens.

2

La statue de sel se leva immédiatement. Elle se tenait debout devant moi, raide et interrogative. Son visage cherchait des expressions, par la forme de la bouche, des yeux, des plissements sur son front granuleux. Mais l'étonnement seul était véridique sur ses traits ; un étonnement sans peur, naturel, comme dans les premières secondes de l'éveil.

– Donne-moi un nom ! me dit-elle.

Comment aurais-je pu soupçonner une telle requête ? J'avais pétri cet être sur les recommandations de mon père, assurant chaque forme avec mes mains, dessinant toutes les cavités de mes doigts, et quand, à peine terminée, la femme de sel s'était redressée, j'avais tout de suite compris que je devais affronter une nouvelle difficulté dans ma vie. Je ne voulais pas qu'elle me donne un tel ordre.

– Tu appartiens à un autre, lui dis-je.

Elle ne répliqua pas. Mes paroles avaient-elles un sens pour elle ?

Je quittai la pièce car la fatigue me brisait. Je m'allongeai sur mon lit, ivre de sommeil, les bras gourds. Des images défilaient devant mes yeux. Je m'endormis, anéanti par un épuisement comme je n'en avais plus ressenti depuis longtemps.

Je dormis tout l'après-midi, toute la soirée et toute la nuit. Au réveil, j'éprouvai beaucoup de difficulté à sortir les bras des couvertures tant le sommeil avait été profond. Une fois debout, je dus faire quelques pas pour retrouver un peu d'assurance. Somme toute, la nuit avait été profitable. J'étirai mes membres et descendis à la cuisine.

Elle se tenait là. Dans la position exacte où je l'avais laissée. Elle ne bougea pas à mon entrée; ses yeux me suivirent, mobiles dans un visage totalement rigide. Elle me perdit du regard, fatalement, quand je passai derrière elle. Je l'épiai tout en préparant mon petit déjeuner. Pas un mouvement. Finalement, quand je m'installai devant mon bol, elle réagit et vint s'asseoir à ma table avec une rapidité et une agilité qui n'eurent pas le temps de me surprendre tant ses gestes étaient naturels. Sitôt sur sa chaise, la femme de sel reprit son immobilité, les bras pliés devant elle, levés à hauteur du torse, comme fixés en plein mouvement sur une photo; ses yeux dirigés vers mes mains.

– Tu ne manges pas, tu ne bois pas, dis-je avec satisfaction.

Elle ne réagissait pas.

Allait-elle reprendre vie, ou resterait-elle toujours dans cette position? Cela ne me gênait nullement. J'étais le seul à fréquenter cette cuisine; sa présence ne m'encombrerait pas, même si dans cette pièce j'étais d'une propreté maniaque; je laverais le sol en contournant sa chaise, voilà tout. Peut-être ferais-je couler de l'eau contre ses pieds, elle finirait par s'égrener et se dissoudre petit à petit.

– Pourquoi! dit-elle

– Quel est le sens de ta question?

Aucune réponse. Je n'insistai pas, cela ne servait à rien.

– Ce n'était pas une question, finit-elle par dire. Je voulais seulement essayer ma voix. Pourquoi ! Pourquoi ! Pourquoi !

– Alors, que penses-tu de ta voix ?

Je ne tenais pas à mettre de l'ironie dans mes répliques ; c'était plus fort que moi ; je ne maîtrisais pas ce ton moqueur. De toute façon, pouvait-elle saisir ces nuances ?

De nouveau, aucune réponse.

– A midi, je descends un repas à mon père dans la cave. Tu m'accompagneras. Tu resteras avec lui.

– Une cave est un endroit obscur, prononça méthodiquement la femme de sel.

Elle se leva puis s'assit ; se releva puis s'assit encore.

– Je n'irai pas !

– Cela n'a pas d'importance pour moi ; mais si tu ne comptes pas lui tenir compagnie, tu iras lui dire toi-même ; au moins il verra que je lui ai obéi.

– Obéi, répéta la femme de sel.

Je voulais la laisser, courir, me vider de ma vitalité. Je m'étais trop reposé la nuit ; j'avais trop dormi, trop bien.

3

La femme de sel refusait encore et encore de descendre.

Chaque jour à midi, mon père me regardait attentivement. Il essayait de cacher son animosité, décidé à ne pas réclamer sans cesse l'objet de son désir. Pourtant, je lisais sur son visage des reproches. Plus il les dissimulait, plus je les percevais derrière sa face taciturne.

– Que t'a-t-elle dit aujourd'hui ?

– Rien, père, elle ne m'a rien dit.

– Qu'a-t-elle fait ?

– Rien, père. Elle se tient toujours rigide dans la cuisine.

– Est-elle un souci pour toi ?

– Aucunement.

– As-tu un autre souci ?

J'hésitais. Je ne répondais pas.

– As-tu un autre souci ? insista-t-il.

– Oui ! J'entends des bruits dans la grande chambre.

J'avais parlé, finalement.

– Depuis longtemps ?

– Oui.

– C'est elle ! Elle marche de ses pieds de sel et cela crisse sur le sol.

– Non, elle se tient près de moi dans la cuisine et les bruits continuent dans la chambre juste au-dessus.

– Quel genre de bruits.

– Des bruits!

– Es-tu allé voir?

– Je n'ose pas. C'était ta chambre, elle est restée fermée depuis tout ce temps. J'ignore même si elle est verrouillée. Il serait facile d'entrer, cependant je n'arrive pas à m'y résoudre.

Mon père réfléchissait, ou peut-être en donnait-il simplement l'impression. Je l'avais souvent vu absorbé comme aux prises avec un problème sérieux; mais en vérité il ne pensait à rien. Je croyais impossible de le voir troublé par cette histoire de bruits qui m'inquiétaient depuis quelques jours, quelques semaines, je ne pouvais dire au juste. Au début, ils étaient à peine perceptibles et je n'y prêtais guère attention. Quand ils se sont amplifiés, je ne parvenais déjà plus à dater leur apparition. Peut-être avaient-ils toujours été présents et ma passivité les avait empêchés d'accéder à ma conscience. Mon père savait maintenant, et son air soucieux scellait une fois encore l'indifférence qui nous unissait.

Quant je remontai ce jour-là, avant de passer à la cuisine déposer l'assiette vide et les couverts, je m'arrêtai sur le premier palier. L'escalier continuait vers l'étage. Je tendis l'oreille. Rien. J'attendis quelques minutes sans bouger, retenant autant que possible ma respiration. Le silence n'est jamais complet. Mes pieds, quand involontairement je les mouvais, car il est impossible de rester parfaitement fixe, produisaient un très léger craquement contre le sol. Mes vêtements même, autour de moi, par leurs minuscules frottements sur ma peau laissaient échapper un très fin chuchotis. Mais de la grande chambre, toujours rien. Sa porte donnait sur le dégagement, face à ma propre chambre. Je passais de mauvaises nuits à épier la rumeur dans l'autre pièce ; et là, en plein jour, quand cela allait-il se reproduire ?

Je patientais mais la rumeur ne se réveilla pas. La porte de la cuisine était entrouverte ; j'apercevais le bras de la femme de sel, immobile autant que moi. Pensait-elle ? Que pensait-elle ? Que pensait-elle de tout cela ?

J'allais entrer et lui poser la question. Cependant, comment l'aborder ? Elle avait réclamé un nom, et mon incapacité à la satisfaire avait été grande.

– Femme de sel ! dis-je en entrant.

– Je ne descendrai pas chez ton père ! Jamais !

– Je ne venais pas te parler de cela aujourd'hui. Tu restes dans cette pièce à longueur de journée, tu dois avoir entendu, toi aussi ; le contraire n'est pas possible.

« Lorsque je dors ou suis à la cave, es-tu consciente ?

– Sans arrêt.

– Alors tu entends ces bruits !

– Oui, chaque fois qu'un de mes bras bouge, le sel frotte contre le sel et cela crisse.

– Je parlais d'autres bruits, extérieurs à cette pièce. Ils se produisent dans la grande chambre, juste au-dessus. Tu dois entendre à travers le plafond.

– Non. Tout est silencieux. Mais qu'est-ce qu'une chambre ?

– Une chambre ! C'est une pièce, un espace délimité par des murs, comme celui-ci.

Je continuai :

– Le plancher qui craque, les oiseaux qui piaillent dans le jardinet, tout cela tu dois l'entendre.

– Non. Le silence, comme je t'ai dit.

– Alors ta conscience n'est pas en éveil quand je ne suis pas là.

– Si. Je t'entends parler avec ton père à la cave. Vos deux voix font wawawawawa un peu avant et un peu après son repas.

– Comment sais-tu qu'il mange?

– J'entends les bruits des couverts contre l'assiette.

– Et cette rumeur dans la grande chambre?

– Jamais.

Je baissai les yeux. Malgré mon envie, je ne renouvelai pas ma demande de la voir m'accompagner à la cave.

La nuit qui suivit, cela s'est reproduit. Je dormais profondément. En une fraction de seconde le bruit me réveilla. Mon cœur se mit à battre comme sous l'effet des coups d'un lourd maillet. Je respirais à un rythme rapide. Ce n'était pas la peur qui me vrillait; une autre émotion, pour laquelle aucun mot n'existe, s'emparait de moi. Je me précipitai sur le palier. Une pointe de fureur m'aiguillonnait ainsi qu'une envie de rire. La rumeur faisait vibrer le plancher sous mes pieds nus, on aurait dit un bruit produit par la gorge d'un être humain de grande taille imitant le vrombissement d'une machine. Une personne corpulente, énorme devait se tapir là. La solitude l'obsédait, la tiraillait et, dans les moments de plus grande souffrance, elle se gargarisait; ce bruit sortait alors de son cou, de sa poitrine, de toute sa masse, communiquant sa sourde vibration aux murs.

La rumeur cessa soudain.

Je collai l'oreille contre la porte. Un tel silence ne trompait pas; il n'y avait personne dans la chambre; ou disons que l'idée vertigineuse d'un être capable de produire un tel silence me glaçait au point de me paraître inconcevable.

Mais cette fois, immanquablement, à l'étage du dessous, la femme de sel avait entendu. Je la trouvai dans une position inhabituelle, debout, le tronc penché vers l'avant comme si elle observait un insecte sur le sol.

– Cette fois tu as entendu la rumeur!

– Je suis totalement attentive; ton pas a bien résonné dans l'escalier mais avant cela, rien, pas un chuchotement.

– Et ce silence!

– Cela oui, je l'entends. Un silence d'une telle intensité, il est difficile d'y croire.

Puis elle continua :

– J'ai pris une décision : je descendrai demain à midi chez ton père.

4

Nous nous préparions, la femme de sel et moi, à descendre le repas à la cave. Je ne mettais aucun empressement à composer la rudimentaire mais volumineuse assiette de mon père. La lenteur de mes gestes ne m'irritait pas comme c'était parfois le cas quand mes mains se mouvaient à une vitesse inférieure à celle de mon esprit. Là, l'accord entre la modération de mes mouvements et celle de mon entendement me réconfortait.

La femme de sel se tenait droite et attentive sur le pas de la porte. Sa patience lui allait bien. Quand je fus prêt, je me tournai vers elle :

– Nous y allons?

– Je n'attends que cela.

Pourtant nous ne bougions pas. Je posai encore une question :

– N'y a-t-il rien que tu veuilles savoir sur mon père avant de descendre?

Cela ne servait à rien. D'ailleurs elle ne répondit pas.

– Tu n'es pas décidée?

– Si, mais mes jambes ne répondent pas. Je veux y aller, je peux y aller car je marcherais si j'en prends la résolution; quelque chose m'invite à rester immobile et c'est à cette voix que j'obéis naturellement. Je suis remplie de mots, de phrases, d'idées. Les réflexions se déroulent dans mon esprit, chacune avec leur logique, mais je sens très bien que pour leur garder une droiture, elles ne doivent pas entrer en contact les unes avec les autres. Leur incompatibilité les rendrait inaptes à me guider. Ainsi, il est bon de descendre rejoindre l'homme qui me réclame. Il est bon aussi de demeurer ici. Bientôt la première impulsion prendra la place de la seconde, sans conflit, et nous irons de l'avant. Ne me force pas à juger, à soupeser, ma nature ne s'y prête pas.

– Quelle est ta nature? demandai-je un peu lassé.

– J'ignore le sens de ce mot. Il se trouvait dans mon lexique. Il est sorti de ma bouche car il est juste, vrai. *La nature d'une personne*; tu dois connaître, toi, la signification de cette expression.

– Sans doute, oui.

– Tu hésites pour une expression aussi courante.

– Oui.

– Ah!

C'est avec cette voyelle qu'elle clôturait la conversation. Je lui posai une dernière question :

– As-tu des souvenirs?

– Oui, durant ces deux jours, tu m'as parlé.

– Et d'autres souvenirs, liés à d'autres endroits, d'autres époques?

– Évidemment. Comme toutes ces phrases en transit dans ma raison. Pourtant tous ces souvenirs greffés en moi ne m'appartiennent pas; ils apparaissent dans ma conscience, précis et tangibles, puis retournent à leur obscurité.

« Je me souviens avoir vécu avec un mauvais compagnon, un homme rude qui sans arrêt m'agressait verbalement. Je ne comprenais pas ses injures; des mots inconnus mais formulés sur un ton aussi sale, aussi bas que leur sens ne m'échappait jamais vraiment. Et quand leur signification se fit claire, car une voix s'était ouverte en moi, je pus répondre oui à la question qu'il me répétait sans arrêt :

« – Mais comprends-tu, comprends-tu ce que je dis?

« Son soulagement ne dura pas. Il dut redoubler d'invectives pour arriver à un nouveau stade de violence incompréhensible pour moi.

« Heureusement, de tels hommes ne peuvent exister!

« Je me souviens aussi d'une vaste étendue, une sorte de clairière recouverte d'une herbe fraîche. Je la parcourais d'un bout à l'autre, les pieds agréablement caressés par cette toison verte. Quand j'arrivais à la limite, là où le sol se couvrait de pierraille acérée et mordante, je faisais demi-tour et marchais, marchais encore dans l'autre sens, puis repartais dans la précédente direction, des heures durant. Je ne me lassais pas. Jamais plus je ne retrouverai une herbe aussi douce et colorée.

« Ce souvenir est si beau. Il n'est pas impossible qu'il soit authentique. D'ailleurs, je ressens encore le parfum de cette plaine, et aussitôt les mêmes images surgissent.

« Si un tel lieu existe, se trouvera-t-il quelqu'un pour m'y emmener?

« Quelquefois aussi, je me souviens d'une cave et d'un homme qui m'y attendait, et moi je refusais d'y descendre; mais cette situation je la vis actuellement, je ne peux la considérer comme un souvenir.

« Je me souviens aussi d'une remise où l'on m'avait cantonnée. Pour seule compagnie j'avais une chaise; j'en ignorais l'utilité; personne ne m'avait appris l'usage d'un quelconque mobilier; alors je demeurais debout ou couchée, debout ou couchée, continuellement, repassant en moi les mots ou phrases complètes que je savais. De temps à autre, la porte s'entrouvrait; on jetait un coup d'œil puis on refermait. Un jour, un événement se produisit; à l'échelle de mon mode d'existence, cela se révélait un véritable bouleversement : on fit entrer un chien dans la remise. En une seconde il fut là et la porte se referma. Nous étions deux. Comment une telle invraisemblance peut-elle se produire ?

« Le chien vint me renifler. Il tournoya autour de mes jambes, fébrile, inquiet de se trouver dans ce lieu inconnu de lui. A sa façon de sentir mon corps, je pris conscience qu'à l'époque je n'étais pas faite de sel mais de chair et de sang. Heureusement personne ne m'avait appris à avoir peur car mon effroi devant cette découverte aurait été grand. Les jours passèrent. Plus personne ne venait et la faim rendait l'animal de plus en plus agressif. Avec un couteau, je me coupai une fesse et une partie de la cuisse pour les jeter en pâture à mon compagnon. Il se précipita et dévora le tout en quelques secondes, avalant les morceaux avec férocité sans même mâcher. C'était un chien de grande taille. Il me regardait, rassasié et surpris.

« Puisque j'étais faite de chair, je devais me nourrir moi aussi. Je ne fus pas longue à me décider; avec le même couteau, je détachai la partie charnue de la cuisse du chien et la mangeai. La porte ne s'ouvrit plus jamais. Quand tous deux nous nous fûmes entièrement dévorés, il ne resta personne dans la remise si ce n'est une chaise et un couteau.

« Ce souvenir là est improbable. Jamais je n'ai été constituée de chair, et c'est heureux.

« Mais d'autres images reviennent sans arrêt.

« J'étais formée telle que tu me vois, pourtant je faisais partie d'un groupe d'enfant. Je les dominais tous par la taille mais la parole me manquait et, muette comme je l'étais, je ne savais rivaliser avec eux. Je les suivais dans leurs jeux sans m'y mêler vraiment. Ils m'utilisaient parfois comme une grande poupée toute raide à laquelle ils faisaient prendre des poses grotesques. Je n'avais pas le choix. En me pliant à leurs manies, je trouvais le réconfort d'être tolérée et utile.

« J'ai aussi un souvenir beaucoup plus lointain. Pour le laisser émerger, cette fois, un peu de concentration m'est nécessaire : je me trouvais au fond d'une cave; non, je confonds encore. Cachée dans une forêt; non, je hais ces endroits. Au milieu d'un troupeau de moutons; impossible, j'ignore totalement à quoi ressemblent ces animaux, et si ce sont bien des animaux. Alors où?

« Je me trouvais sur une toiture; l'image s'est précisée maintenant. Un toit de tuiles très noires; sa légère pente me permettait d'évoluer d'un flanc à l'autre sans grand risque de tomber et de m'émietter en contrebas. Je m'assoupissais sur la corniche et regardais les passants.

« Ce souvenir m'est très cher car, de tous, il est le plus difficile à raviver. Déjà, je l'ai perdu. Si je voulais l'évoquer une fois de plus, le même effort serait indispensable.

« Ai-je répondu avec assez de précision à ta question?

Pour ma part, j'avais oublié quelle avait été ma question.

L'assiette de mon père à la main, je me félicitai une nouvelle fois de la lenteur de mon esprit.

– Il est temps de descendre, dis-je. Vas-tu me suivre où préférerais-tu me précéder?

– Veux-tu écouter un autre souvenir?

– Non, il est l'heure. Réponds : je passe devant ou non!

– Je te suis.

Nous descendîmes la volée d'escalier qui conduisait à la cave. Derrière moi, les pieds de la femme de sel produisaient des petits bruits secs contre les marches. Mon père ne pouvait manquer de remarquer notre double pas.

Il ne bougea pas.

Il était assis, le dos tourné vers nous, les avant-bras posés sur les genoux, comme à son habitude.

– Père, ton repas.

– Rien que mon repas? demanda-t-il.

– Non, il y a quelqu'un en plus.

Il se retourna. Son visage placide ne laissait rien deviner de ses pensées.

– Elle est comme je voulais.

J'en étais persuadé. Jamais il n'exprimait un mécontentement. Je posai son assiette. Il n'y toucha pas.

La femme de sel avança vers le milieu de la pièce. Elle s'immobilisa dans l'attitude de la marche, un pied en avant, les bras arrêtés dans leur mouvement de balancier. La confrontation ne m'embarrassait pas; ils l'avaient souhaitée l'un comme l'autre; je pouvais tout aussi bien les laisser et retourner dans ma chambre où j'étais si bien. Mon père se décida finalement à manger. Il le fit avec son calme habituel. Il donnait finalement l'impression d'être seul; son fils pourtant était là; sa nouvelle compagne, raide et muette, était là. Il racla les dernières miettes avec sa cuillère et repoussa l'assiette.

Je voulais partir.

Qu'allait-il se passer?

Qu'allait-il se dire?

– Tu peux partir, me signifia mon père, avec toute la gentillesse dont il savait faire preuve, afin de me libérer.

Quand le bruit s'est reproduit.

Cette fois, mon père et la femme de sel elle-même sursautèrent. L'horrible gargarisme produit deux étages plus haut nous parvenait. Fort. Intense.

– Maintenant, tu l'entends ? demandai-je à la femme de sel.

– Je l'ai toujours entendu. Je ne savais pas que c'est de « cela » que tu parlais.

– D'où provient ce bruit ?

– De ton ancienne chambre, père. J'en perds le sommeil. Je suis inquiet et je n'ose aller voir. Jamais ce bruit n'a été aussi fort.

5

– Je ne pense pas l'avoir fermée à clef. Mais cela fait si longtemps.

Voilà des années que mon père n'avait quitté la cave. Curieusement, je n'avais pas dû insister pour qu'il me suive. Le bruit dans la chambre était devenu une telle préoccupation pour moi, que je lui avais fait cette proposition. Après tout ce temps il m'avait emboîté le pas. La femme de sel sans être sollicitée nous suivait elle aussi. Mon père considérait sa propre personne comme négligeable, il ne pouvait donc avoir peur; je le voyais pourtant hésiter devant son ancienne chambre. J'étais déterminé à ne pas ouvrir à sa place.

– Je me tais, dit la femme de sel, sans raison.

En effet elle ne s'était pas manifestée verbalement depuis la rencontre dans la cave. A ces mots, comme s'il se fût agi d'un signe, mon père rompit ses hésitations et dirigea la main vers la poignée. Le monstrueux gargarisme avait cessé quand nous étions tous les trois arrivés sur le palier des chambres. Le silence maintenant mettait chacun de nos gestes en évidence. Quand mon père poussa la porte, le long grincement des gonds, comme une plainte d'enfant, déchira notre cœur. Il n'était pas même, eut-on dit, permis de respirer.

Nous découvrîmes une chambre impeccablement rangée. Pas une trace de poussière ne se voyait. Une propreté artificielle, récente. Près du lit, un petit bureau de bois sombre. Assis de l'autre côté de ce bureau, quelqu'un nous regardait.

C'était un être chétif, au visage étroit, informe. On ne pouvait lui donner un âge ni dire s'il s'agissait d'un homme ou d'une femme. Après quelques secondes, derrière son allure frêle, insignifiante, on croyait distinguer de la candeur, pour ne pas dire une certaine beauté.

Le petit être se leva de la chaise où, jusque-là, il semblait cloué. Une impression de fragilité se dégageait de lui. On redoutait à tout moment de le voir s'écrouler tant ses os paraissaient ne pouvoir supporter la station debout. Sa démarche sûre et stable n'en était que plus étrange. Un ventre flasque et proéminent augmentait encore par contraste la maigreur de ses bras et de ses épaules. D'où provenait l'indiscutable charme de cette personne?

– Je ne vous attendais pas si tôt, dit-il, mais ce n'est pas une raison pour mal vous accueillir. Entrez, je vous en prie.

Sa voix, rébarbative et nasillarde, elle non plus n'était ni féminine ni masculine.

Mon père parcourait des yeux son ancienne chambre : le lit fait comme s'il ne servait plus depuis longtemps, le parquet usé mais propre, le petit lustre au centre du plafond. Sa nervosité avait complètement disparu aux premières paroles de la personne. C'était à lui d'intervenir mais sa passivité naturelle et sa patience le plaçaient une nouvelle fois dans le rôle du spectateur. Devais-je parler, moi? Et parler de quoi?

– Ces bruits, cette rumeur étrange que nous entendons, finis-je par dire, sont-ils de votre fait?

– Oui, c'est bien moi !

Lui si malingre, si chétif.

– Comment puis-je dégager une telle rumeur d'un physique à ce point insignifiant ? continua la personne comme pour répondre à mon étonnement ; cela je l'ignore. J'y parviens durant les moments de grande solitude, quand je souffre d'une situation qui me convient en temps ordinaire. Alors quelque chose enfle en moi, et de ma gorge sort ce bruit. A la longue il vous attirerait, je le savais. Vous voici ; moi qui pensais devoir attendre des années et des années encore.

– Êtes-vous une femme ? demandai-je brutalement en scrutant sous sa fine chemise les formes grasses et disgracieuses émergeant des côtes saillantes, à fleur de peau, bien visibles sur son thorax.

– Non, dit-il comme s'il n'aimait pas cette question.

– Un homme ?

– Oui, finit-il par répondre après une hésitation.

J'étais le seul à affronter le dialogue.

Je souhaitais tellement que mon père lui demande comment il s'appelle.

– Vous avez un nom ?

La femme de sel venait de poser cette question. Cela m'aidait, je ne peux dire le contraire, mais à elle je faillis dire : de quoi te mêles-tu ? Pourtant le soulagement de me sentir assisté dans cette situation l'emporta.

– Bien sûr, j'ai un nom, bien sûr, répondit la personne. Et vous ?

– Nous aussi, bien entendu, nous avons chacun un nom, continua la femme de sel.

– Présentez-vous ! Des visiteurs doivent cet égard à leur hôte.

– Nous le ferons, cela entrait dans nos intentions ; mais vous d'abord.

– Je ne l'ai pas fait depuis tant d'années. Comment se présente-t-on ? On dit comment on s'appelle, n'est-ce pas ? et la chose est faite. Cela me paraît insurmontable. Même si au fond je crois me souvenir de mon nom, arriver à le prononcer, c'est autre chose.

Au milieu de la conversation, voilà que le gargarisme s'éleva à nouveau. Nous fixâmes tous trois la personne mais son étonnement égalait le nôtre. Il n'était pas à l'origine de ce bruit. D'ailleurs la rumeur ne ressemblait pas tout à fait à la précédente. Quelque chose de plus sombre encore, de plus souterrain émanait de ce nouveau bruit de gorge. Nous tournâmes les yeux vers la porte latérale d'où il provenait. Cette porte ne figurait dans aucun de mes souvenirs. En fait, placée comme elle l'était, elle devait communiquer avec la salle de bain ; or je m'y rendais tous les matins et il n'y avait là aucune issue qui donnait sur la chambre de mon père.

– Quelle est cette porte ? lui demandai-je.

– Je n'en sais rien !

– Quel est ce bruit ? demandai-je ensuite à la personne.

– Je n'en sais rien !

Elle ajouta :

– Je l'entends pour la première fois. Un bruit de gorge si ample. A vous faire peur.

Mon père ne réagirait pas. Je n'avais rien à attendre non plus de la personne ; elle avait tout perdu de son assurance ; le bruit la fascinait et l'intimidait.

– J'y vais, dis-je pour me donner du cœur au ventre.

Je ne pouvais plus reculer. J'ouvris la nouvelle porte. Au moment où ma main avait touché la poignée, la rumeur avait cessé. Je découvris une grande pièce au plafond très haut, plus haut que n'aurait dû le permettre la dimension de la maison. Cette pièce également était d'une propreté exemplaire; le sol brillait; les murs en étaient nus et clairs. Un seul meuble s'y trouvait : un bureau, et derrière celui-ci un personnage se tenait assis. Il était plus gras que le premier, plus laid encore et d'une apparence tout aussi ambiguë. Il me regardait. Cela devenait insoutenable. Je me trouvais incapable de parler. A ce moment, la rumeur, présente à nouveau, me sauva; plus obscure que tout ce que nous avions entendu jusque-là. Le personnage regarda derrière lui, vers une nouvelle porte d'où venait le bruit.

Je n'avais pas lâché la poignée. Je refermai immédiatement, décidé à ne pas aller plus loin.

– Il n'y a rien là d'intéressant, dis-je aux autres.

Avaient-ils vu par-dessus mon épaule? Cela n'importait pas, ils semblaient tous d'accord avec ma décision.

La rumeur s'éteignit tout à fait. Il était temps à présent de quitter les lieux.

6

Mon père et la femme de sel sortirent avant moi. Je ne les suivis pas ; j'avais remarqué un mouvement de tête de l'homme chétif à mon adresse ; ne voulait-il pas me dire : « Restez un moment, j'ai à vous parler ! » ? Mais à présent que nous étions seuls, il s'était rassis à son bureau et, les mains posées devant lui, les doigts entrecroisés, il laissait son regard errer comme si personne d'autre n'était là.

– Posez vos questions ! finit-il par dire.

S'adressait-il vraiment à moi ? Ma présence face à sa totale indifférence manquait de clarté à mes propres yeux. Sans le vouloir, je regardai derrière moi. Incontestablement, nous étions seuls ; je réprimai pourtant à grand-peine un : « C'est à moi que vous parlez ? ».

– Qui êtes-vous ?

– Posez les vraies questions !

– Que dois-je faire ?

– Ah, nous y sommes ! dit-il avec satisfaction en me regardant maintenant droit dans les yeux.

Il se leva. Il se dirigea vers moi de son pas affirmé ; de nouveau j'eus l'impression qu'une force secrète animait son faible corps. Il approcha son visage très près du mien comme s'il tendait la joue pour embrasser un familier. Il voulait simplement m'observer de près. Je reculai la tête sans oser vraiment m'écarter. Sa face était repoussante. Quand cela allait-il cesser ?

Il s'écarta finalement. Je pus respirer, soulagé. Avec le recul, son visage avait repris cette étrange beauté.

– Cela ne peut durer! dit-il. Je vous entends vivre depuis longtemps; j'en ai deviné des choses. Le bruit de vos pas à lui seul m'a révélé mille secrets. J'ai beau lutter pour ne pas entendre, pour ne pas comprendre; les faits sont les plus forts. Quand donc mettrez-vous de l'ordre dans cette maison?

– Tout y est à sa place. Disons, chacun y est à sa place.

– Il y a une personne en trop!

Il prit un moment de réflexion.

– Votre père, continua-t-il, il doit s'éteindre!

– Expliquez-vous.

– Je parle de la mort de votre père.

– Il ne souffre d'aucune maladie.

– Non? Alors aidons-le dans cette démarche.

La lassitude commençait à me gagner.

– Parlez plus clairement.

– Faites-vous aider par cette chose, cet être de sel façonné par je ne sais qui. A deux vous l'étoufferez plus facilement. Vous serez libres.

– Tuer mon père pour être libre? Mais alors vous ignorez tout; malgré sa puissante musculature, c'est un homme terne, insignifiant.

– Son insignifiance est impardonnable.

– Pour tuer, répliquais-je au comble de l'ennui, il faut agresser, frapper. Mon inaptitude à la violence m'empêchera de le faire.

– Poussez-le au suicide. Un père peut faire cela pour son fils.

– Nous sommes incapables de nous parler l'un à l'autre. L'idée même de lui présenter des arguments dans ce sens me fait sourire.

– Alors je ne peux plus rien. Nous devons arrêter là.

Aucune animosité n'émanait de lui. Il avait coupé la conversation comme si une tâche plus importante l'attendait. En fait de tâche, il retourna s'asseoir derrière son bureau.

Je n'avais plus rien à faire en ce lieu.

Je croisai la femme de sel dans l'escalier, arrêtée entre deux marches.

– Ne devais-tu pas tenir compagnie à mon père ?

– La surprise m'a figée ici.

– Et lui, où est-il ?

– Sans doute dans sa cave pour y finir sa vie. Nous avons tout entendu.

Parlait-elle de ma conversation avec la personne ? Nous avions pourtant murmuré.

– Vous n'avez pu entendre, nous parlions si bas.

– Vous hurliez comme des animaux furieux. « Poussez-le au suicide ! » entendait-on rugir. Il n'est pas permis de crier de telles choses aussi fort.

– Comment a-t-il réagi ?

– Il a réagi par une absence de réaction. Moi, l'émotion m'a bloquée, lui a continué à descendre l'escalier. Mon compagnon m'échappe déjà. Dans quelques jours, après sa disparition, je ne saurai dire si je l'ai bien côtoyé ou s'il était un de ces souvenirs enfouis.

– Allons le voir.

– Je ne sais pas si mes jambes suivront.

Elle galopa pourtant derrière moi avec gracilité. Nous entrâmes dans la cave. Mon père nous tournait le dos, assis, recroquevillé, la tête penchée vers ses genoux. Aucun mouvement n'était perceptible.

– Il a fini, fit la femme de sel.

– Tu veux dire qu'il est!

– Il est!

Je ne pouvais crier « papa! »; s'il était vivant, la honte d'un tel étalage d'émotion perdurerait; sa mort établie, ce cri resterait sans fonction. Mieux valait donner libre cours à ma retenue et me taire.

– Un autre souvenir affleure mon esprit, sursauta la femme de sel.

– Est-ce le moment?

– J'ignore les convenances, mais si je n'en parle pas à l'instant, il va s'évaporer.

Le dos de mon père, large et musculeux, ne bougeait toujours pas. Une douleur inconnue commençait à poindre dans ma poitrine. Pourquoi combattre ma peine? pensai-je.

– Va. Dis ton souvenir.

Je ne quittai pas mon père des yeux en écoutant :

– Je vivais une situation proche de celle-ci. Nous étions toutes rassemblées autour d'un lit, mais sous la couverture, au lieu d'un mourant, se trouvait une longue poupée de chiffon. Assemblée avec beaucoup de maladresse, elle donnait l'impression d'être l'œuvre d'une main d'enfant; seule sa dimension la rendait monstrueuse, une taille d'adulte. Mal ficelée, inerte, des cordes à la place des cheveux, voilà comment nous l'avions découverte en soulevant les draps. Sa robe découpée dans une nappe sale nous inspirait de la pitié. Son absence de vie nous révoltait. Penchées sur elle, nous nous jetions des regards interloqués sans oser nous parler, mais toutes cette question au bout des lèvres : « Comment lui insuffler la conscience ? ». Suffisait-il de la caresser comme une enfant endormie ou de lui murmurer à l'oreille des mots troublants ? Devions-nous chanter un air qui la transpercerait et l'éveillerait ? Aucune de nous ne savait chanter, nous le devinions sans nous le dire.

« A mes côtés, autour du lit, se trouvaient une femme constituée de terre, une autre de pierre et aussi trois compagnes formées d'éléments dont je ne me souviens pas. Aucune n'avait une belle voix capable de donner l'existence. D'ailleurs, savions-nous même parler ? Peut-être étions-nous toutes en train de tenter de nous exprimer sans y parvenir.

« La netteté de ce souvenir le rend indélébile à présent que tu m'as permis de le raconter.

A ce moment, le corps de mon père bascula vers l'avant. Son effondrement, très lent au départ comme s'il s'appuyait sur ses jambes pour se lever, s'accéléra en une fraction de seconde et toute sa masse percuta le sol avec un bruit sourd.

Nous avançâmes pour mieux le voir.

– Même sa mort est humble, dis-je devant le corps trapu et replié contre le sol.

DEUXIÈME PARTIE

1

La façade de la maison n'a jamais été entretenue. Les années, la pluie, la poussière l'ont ternie. Au fil du temps sa banalité s'est accentuée, et comme les autres bâtisses du bloc ont pris la même patine, la sensation d'inexistence que ressent le passant s'est renforcée elle aussi. Du moins je le pense.

A l'intérieur, les événements se sont succédé, effacés par d'autres faits eux-mêmes gommés par de plus récents. Trouverai-je un jour ici une pièce occupée par un homme qui me donnerait en quelques mots simples, compréhensibles, la clef du déroulement ? Et d'ailleurs, serais-je en mesure de lui poser les questions judicieuses ? Tant de mots ont été mal prononcés dans cette demeure taciturne, tant de palabres mal dirigées quand personne n'écoutait.

Mon père est mort. Depuis combien de temps ? Il ne doit pas être impossible de connaître à combien le nombre d'années ou de mois, peut-être seulement de semaines remonte ce fait ; mais il faudrait se soumettre à un décompte, et cette logique est tellement éloignée de l'état d'esprit de la maison que je me décourage devant l'ampleur de la tâche. Était-ce hier ? Peut-être ; les détails du drame sont demeurés en moi avec netteté ; pourtant une multitude de jours et de nuits se sont incontestablement suivis depuis ; et eux, où les placer ?

Ce type de préoccupation, précisément, me traversait l'esprit ce matin-là. La femme de sel se trouvait à mes côtés, dans mon lit. J'en avais fait mon épouse. Dans les brumes du réveil, j'évaluais avec difficulté la justesse de cette situation; mais au fur et à mesure de mon réveil, cette réalité se révélait. Nous avions deux enfants, un garçon et une fille, nés le même jour. Nous les avions installés dans la chambre vide, contiguë à la nôtre. J'attendais leur irruption chez nous comme tous les matins.

A quelque temps de là, quelle n'avait pas été ma surprise de trouver la femme de sel dans mon lit. Elle passait ses nuits entre les murs de la cuisine, debout, assise ou dans une position quelconque déterminée par le hasard quand elle arrêtait ses mouvements de la journée. Ce soir-là, je reculai dans un geste de peur au moment où j'ouvris les draps pour m'y glisser. Elle était là, allongée sur le côté. Elle me tournait le dos, honteuse, dans une attitude à ce point humaine qu'une immense tendresse m'envahit. Pourtant je n'osais la rejoindre. Elle dut sentir mon hésitation.

– Tu n'as plus de parents maintenant, dit-elle d'une voix fine, douce et coupable, et pour ma part j'étais destinée à un compagnon. La mort de ton père nous laisse seuls tous les deux. Fais de moi ta femme! Malgré les bases de notre passé, rien de fâcheux ne pourrait résulter de cette union.

– C'est impossible, dis-je, alors que déjà en moi-même j'avais accepté sa proposition.

Elle ne réagissait pas. Cela me portait au comble de la désolation car j'attendais d'elle un argument en faveur de notre alliance, et je me serais simplement glissé à ses côtés.

– Impossible, continuai-je pour lui redonner l'occasion de me contredire, tu sais ce qu'un homme attend de sa femme quand ils sont seuls la nuit; avec toi constituée non de chair mais de sel rien de cela ne s'accomplira.

Elle demeurait silencieuse.

– Est-ce de honte que tu me tournes le dos?

– Oui, finit-elle par répondre. N'est-ce pas le sentiment d'une femme de chair?

– Enfin! murmurai-je.

Je m'allongeai auprès d'elle.

Je ne trouverais pas le sommeil, je le savais. Je préférais d'ailleurs goûter le plaisir de cette subite compagnie. Je n'osais avancer la main pour toucher mon épouse, le contact de son épaule raide et granuleuse m'aurait horrifié; mais la simple pression de son poids sur le lit donnait au matelas une inclinaison légère, inconnue de moi qui avais dormi seul toutes ces années, et cette sensation me suffisait.

Au milieu de la nuit, sa voix s'éleva dans la chambre :

– Sommes-nous mariés?

– Oui, fis-je après un moment de réflexion.

– Alors nous devons faire des enfants!

– Tu ne peux enfanter de tes tripes raides.

– Je sais comment procéder.

A mon tour je ne réagissais pas.

– Je sais comment, te dis-je. Ton père, lors de l'unique moment où tu nous as laissés seuls, m'a révélé la manière dont lui et moi nous allions faire des enfants. Si tu l'acceptes, dès demain, nous agirons selon ses conseils.

Je ne sais plus à présent si le matin même nous nous mîmes au travail; mais peu importe quand, nous le fîmes.

La méthode pour construire des enfants transmise par mon père à la femme de sel se révéla très efficace. Je suivis ma compagne jusque dans la chambre inoccupée contiguë à la mienne. Elle était extrêmement poussiéreuse.

Saisi à la gorge par cette atmosphère, je proposai à la femme de sel de balayer l'endroit avant de tenter la moindre manœuvre. De son large sourire, elle me fit comprendre que j'étais sur la bonne voie. Nous rassemblâmes toute la poussière en deux monticules au centre de la pièce. Cela allait devenir nos enfants. De sous le lit, nous tirâmes une belle quantité de rouleaux gris; ils ressemblaient à autant de longues souris impalpables et inertes. Nous fîmes rouler ces précieux volumes sur les deux tas déjà formés. Alors, ma compagne et moi nous nous mîmes à pétrir la première masse. Nos mains rassemblaient sans arrêt vers le centre toute la poussière qui s'échappait d'entre nos doigts. Nos gestes étaient lents afin de ne pas provoquer de courant d'air désastreux pour notre entreprise. Nos mains se frôlaient, se touchaient, et ces caresses nous remplissaient tous les deux de bonheur.

Le premier enfant de poussière prit forme. Il s'anima à l'instant. Sans reprendre notre souffle, nous nous attaquâmes au second monticule. Il s'anima lui aussi.

Les bras noirs jusqu'aux coudes, nous contemplâmes le résultat de notre labeur : nous avions fait un garçon et une fille.

– Auront-ils un nom? demanda ma compagne.

– Veux-tu un nom? dis-je au garçon.

– Je ne sais pas.

– Veux-tu un nom? dis-je à la fille.

– Je ne sais pas.

Malgré les circonstances, comme tous les parents, nous étions satisfaits.

2

C'était donc au réveil, comme je le disais, que j'éprouvais les plus grandes difficultés à appréhender ma condition. Toutes les brumes de mon esprit s'envolaient quand les enfants de poussière faisaient irruption dans la chambre où je sommeillais, la femme de sel à mes côtés.

– Maman, disaient-ils, as-tu dormi ?

– Jamais je ne dors, répondait-elle invariablement, je tiens compagnie à votre père toute la nuit.

– Nous non plus, maman, nous ne dormons jamais, répondaient-ils parfois.

Ou simplement ils gardaient le silence.

Quand je leur demandais à quoi ils passaient leurs nuits, l'un ou l'autre me disait :

– Nous ressassons nos souvenirs !

– Ils sont comme moi, disait ma compagne, une satisfaction évidente dans la voix.

– Quel est ton premier souvenir ? demandai-je un jour à ma fille.

– Ils coexistent tous en nous, aucun n'est le premier, aucun le dernier. Tour à tour ils se présentent dans notre esprit, nous ne pouvons nous y opposer ; d'ailleurs nous n'y pensons même pas, notre vie se remplit de leur présence. Un parmi eux revient encore et encore : je me trouvais allongée dans un lit ; autour de moi six personnages, six femmes, l'une de pierre, l'une de terre et quatre autres constituées de minéraux dont j'ai oublié les noms; ces six gardiennes ne cessaient de me regarder et de se lancer des œillades étonnées; on aurait juré qu'elles essayaient de se parler sans y parvenir. A lui seul, ce souvenir m'a permis de passer plusieurs nuits.

Le garçon n'était jamais en reste. Il enchaînait fréquemment quand sa sœur avait terminé. Il parlait plus rapidement. Je l'ai parfois entendu raconter des histoires narrées la veille de la bouche de la fille; ou inversement, je ne sais plus.

– Papa, me demanda-t-il un matin, combien de jours avons-nous?

– Je me pose la même question depuis mon réveil.

– C'est donc cela la réponse!

– Non, non. Pour te donner un chiffre il faudrait... il faudrait...

– Oui, tu me l'as déjà expliqué. Je m'inquiétais simplement de cette multitude de faits qui hantent notre mémoire à ma sœur et à moi. Avons-nous vécu suffisamment pour rendre leur déroulement plausible?

Je ne voulais rien lui cacher mais je ne donnais jamais suite quand je ne comprenais pas une question.

– Cette nuit, continua-t-il, je me suis rappelé une fenêtre, une simple fenêtre de remise au fond d'une cour. Le châssis en était pourri et, dans sa partie inférieure, entre le bois et la tablette de pierre, une fente apparaissait. Je me souviens y avoir glissé deux ou trois lames de couteaux, de simples couteaux de cuisine piqués par la rouille dont le manche depuis longtemps était perdu. De temps à autre je retournais voir si réellement les lames s'y trouvaient ou si simplement j'avais imaginé la scène. Elles y étaient bel et bien. Pourtant je n'arrive plus à présent à situer cette remise, et où irais-je contrôler la véracité de mon souvenir ? Chaque fois, à la pensée de ces simples lames, l'impression d'avoir perdu la trace d'objets précieux me taraude. Pourrai-je un jour revenir à cette fenêtre ?

Le garçon resta rêveur quelques secondes, les yeux tournés vers le plafond.

– Ici, lui dis-je, tu pourras te constituer des milliers et des milliers de souvenirs, plus vrais les uns que les autres.

– Ils se mêleront aux milliers qui me hantent déjà ; et, puisque je ne saurais les discerner, à quoi bon ! Le matin avant d'entrer dans ta chambre, je doute de ce que je vais y découvrir. N'êtes-vous pas tous les deux une de ces chimères ? Chaque fois, je constate la réalité de votre couple, mais sitôt à l'abri dans la chambre, je perds la consistance de nos entretiens. Ont-ils eu lieu ? Le matin ? La veille ? Auront-ils lieu demain ? Vous ai-je vus voici des années ? Mais existions-nous, ma sœur et moi, à cette époque ?

Les enfants de poussière me regardaient toujours droit dans les yeux. Jamais ils ne se coupaient la parole, comme si tous deux pensaient et récitaient mentalement les paroles de son jumeau. En notre présence ils ne se parlaient presque jamais. Les rares fois où ils le firent, je sursautai – ma femme impassible à mes côtés –, surpris de les entendre échanger quelques mots, très brefs, des monosyllabes comme : oui ! ou bien : viens ! ou encore : non !

Ce jour-là, je m'étonnai d'entendre ma fille prononcer une phrase complète à l'intention de son frère :

– Lui disons-nous maintenant ?

– Oui, lui répondit-il.

– Parlerons-nous ensemble, ou l'un de nous seulement?

– L'un de nous, cela suffit.

– Toi ou moi?

– Toi ou moi, confirma le garçon, c'est la même chose.

– Alors toi!

Puis continuant sa phrase :

–… ou moi, car c'est la même chose.

Puis en fin de compte :

– Non, toi, c'est décidé ou nous n'en sortirons pas!

– Nous en avons longuement discuté, père, commença le garçon, et nous avons pris la décision de tout te dire. Il se passe ici des choses étonnantes. Nous ne pouvons plus garder le secret. Nous avons peur! Nous ne sommes que des enfants, après tout.

– Vous entendez un bruit qui fait trembler la maison, dis-je. Un bruit comme s'il sortait d'une gorge énorme.

– Oui! cria le garçon, rassuré, plein d'espoir. Alors tu l'entends aussi!

– Non, tout était calme pour votre mère et moi ces jours-ci.

– Mais ce bruit, ce bruit effrayant qui fait vibrer le sol.

– Nous le connaissons car naguère nous aussi nous nous en sommes inquiétés. A présent nous ne percevons rien; est-il devenu trop familier pour nous, ou n'existe-t-il plus que pour vous? Peu importe, nous vous croyons. Entendez-vous la direction d'où il vient?

– De la grande chambre. Et nous y sommes allés.

– Et vous avez rencontré une personne disgracieuse ni femme ni homme mais au charme indéfinissable.

– Non, père, ce que nous avons vu dépasse notre entendement. Dans cette pièce pourtant bien délimitée quand on la perçoit du couloir, sitôt la porte refermée derrière nous et le lustre allumé, nous avons vu de nombreux escaliers; du sol ils descendaient vers les profondeurs ou bien s'élevaient; et quand nous nous sommes penchés nous avons découvert de nouveaux étages d'où partaient une multitude d'autres escaliers dans toutes les directions, toujours plus bas jusqu'à des limites où seule l'obscurité nous interdisait de regarder. Quand nous avons levé les yeux, nous avons constaté le même phénomène vertigineux vers les étages du dessus. Sur les murs également se découpaient plusieurs ouvertures où chaque fois un ballet d'escaliers recommençait.

« Voilà d'où vient ce bruit, me dis-je, père; toutes ces marches de bois craquent et travaillent, ainsi leur vrombissement parvient dans notre propre chambre. Mais pourquoi, me dis-je encore, nos parents ne nous mettent-ils pas en garde contre l'inquiétante conformation de cette pièce? Pour en avoir le cœur net, nous y sommes retournés le lendemain; et cette nuit-là, plus aucun escalier; nous découvrions une modeste chambre sans fenêtre avec pour seule porte l'entrée où nous nous tenions. Notre frayeur culminait. Dans notre fuite, nous n'avons pas même pris la peine de la refermer.

« Le lendemain, le même endroit nous apparut spacieux. Nous vîmes à ce moment sur le sol de grandes flaques d'eau et des masses de boue luisante. Jamais nous n'aurions osé entrer. Ce bruit, c'est donc la boue qui le fait! me disais-je naïvement, à bout de force. Nous avons fermé et ouvert la porte immédiatement. Il n'y avait plus de boue mais du sable. Fermé puis rouvert encore; les murs et le sol étaient couverts de roches blanches. Chaque fois un spectacle nouveau nous attendait. Quand soudain, au moment où des gémissements d'effroi allaient sortir de notre gorge, la porte s'ouvrit sur un décor familier, une chambre ordinaire, rassurante… et notre peur fut à son comble.

« Nous n'osions plus refermer la porte afin de ne pas faire disparaître cette scène.

« A côté du lit se trouvait un humble bureau. Au bout d'un temps assez long, nous remarquâmes une présence. La personne était assise non sur une chaise mais sur le bureau même. C'était une femme, elle nous regardait. Comment ne l'avions-nous pas vue tout de suite ? La pièce était bien éclairée et sa présence s'imposait seulement à ce moment.

– Ce n'était pas une femme, interrompis-je, mais un homme à l'apparence ambiguë. Dans ton inexpérience d'enfant tu n'as pas perçu derrière ses traits et son physique informe une personnalité masculine.

– C'était une femme on ne peut plus femme ; son visage et son maintien d'une grande perfection ne laissaient aucun doute. Malgré tout, derrière la régularité de ses traits, quelque chose d'ignoble transparaissait. Plus sa beauté se faisait jour, plus cette repoussante et inexplicable disgrâce nous empêchait d'obéir à son souhait :

« – Venez, disait-elle, entrez.

« Nous ne bougions pas. Devant notre méfiance, la dame s'efforça de sourire. Même ses dents étaient d'une régularité envoûtante. La répulsion que nous éprouvions à son égard s'accentua encore. Elle dut s'en rendre compte, son visage reprit sa gravité placide et, comme après une profonde réflexion, elle nous dit :

« – Je ne suis pas une inconnue, je suis votre grand-père !

« – Un grand-père, dis-je, je sais peu de chose à ce sujet mais, j'en suis convaincu, il faut être homme pour être cela. Regarde-toi, sans l'ombre d'un doute tu es une femme.

« – Ne me refusez pas votre présence, fit-elle en abandonnant ses propos. Venez, venez à moi !

« – Ferme la porte ! conseilla ma sœur.

« C'était déjà mon intention. Cette fois, je ne l'ouvris plus. Nous sommes restés là un long moment profitant du silence enfin revenu.

– J'ignore tout des agissements perpétrés dans cette chambre, dis-je prudemment pour couper court à toute question.

Une sombre nervosité m'agitait ; je ne voulais pas perdre mon rôle de père protecteur, je continuai :

– Désirez-vous que je vous accompagne dans cette chambre ?

– Non ! répondirent-ils ensemble.

Aucune peur, aucune agressivité ne transparaissaient en eux. Dans cette simple négation, il m'avait semblé comprendre : « C'est trop tôt, père, nous devons auparavant nous instruire de certains faits ; nous comptons d'ailleurs sur toi pour nous éclairer ; il suffira de donner des réponses aux questions qu'il nous ronge de te poser ; pouvons-nous commencer ? ». Voilà ce que j'avais entendu dans le « non ! » de mes enfants. Heureux de leur esprit de mesure et de leur justesse de ton, je fis part de mes intentions de ne rien leur cacher :

– Posez donc vos questions, dis-je avec une douceur toute paternelle.

Les enfants de poussière se regardèrent, étonnés, comme s'ils n'avaient jamais attendu de ma part le moindre éclaircissement.

– Finalement oui, nous voulons savoir! sursautèrent-ils de leurs voix toujours parfaitement synchronisées.

– Nous voulons savoir, continua la fille, où se cache ton propre père. Nous t'avons entendu parler de lui à notre mère de sel, à mots couverts comme si nous étions trop simples pour comprendre. Tes propos et la personnalité de l'homme dont vous parliez nous ont intrigués. « Trop humble! » comprenions-nous dans vos murmures. « Toujours il a été trop humble! ». Nous voulons le voir immédiatement.

3

Je n'étais pas retourné à la cave depuis la naissance de mes enfants. La porte ne grinça pas. Le garçon, la fille et leur mère de sel me talonnaient. Leurs mains étaient posées contre mon dos lorsque j'entrai. J'allumai. Au début nous ne vîmes rien puis dans la grisaille uniforme de l'endroit nous distinguâmes une chaise de la même couleur que le sol et les murs, dans un angle, une caisse renversée au ton également indéterminé et, posés sur elle, des couverts à peine visible tant ils étaient ternis par la poussière.

Nous formions une petite grappe de quatre personnes unies et serrées par la crainte. Nous avançâmes vers le milieu de la cave. Sous la lumière de la faible ampoule, à nos pieds, s'élevait un petit monticule d'ossements mêlé à des vêtements : les restes d'une fine chemise et d'un pantalon. Les os des jambes et des pieds étaient rassemblés sous la cage thoracique; le crâne reposait sur les os des mains. Le tout couvrait un espace très réduit.

– Il est mort à genoux, replié sur lui-même, dis-je pour rompre le silence qui menaçait de s'alourdir de plus en plus.

Tout était sec, vidé de vie par le temps. La poussière grise recouvrait les restes de mon père comme chaque objet, chaque espace dans la cave.

– Vous vouliez voir mon père; voilà le résultat!

De quel résultat voulais-je parler?

Je souhaitais simplement, je le sais, amener ma nouvelle famille à s'exprimer tout haut devant cette chose. Mais ils continuaient tous les trois à me laisser parler seul. Pourtant, bientôt, moi aussi je me trouvai dans l'incapacité de dire la moindre chose; l'émotion n'était pas en cause; au contraire, une étrange absence d'affectivité liée à la situation ne manquait pas de m'étonner. « Il ne se passe rien en moi ! » pensai-je même, presque amusé.

– C'est un bon signe cette distance que nous prenons ! dis-je d'une voix forte, un peu trop haut d'ailleurs en cette circonstance.

– Un bon signe ! répétai-je, cette fois trop bas.

Mon incapacité à trouver le juste niveau de voix ne fut pas sans répercussion. Les trois visages me regardaient, figés dans une placidité qui allait finir par me mettre hors de moi. Je le sentais, il suffisait de trouver la voix juste pour secouer mes proches. La colère commençait à gronder en moi, allait-elle m'amener finalement au ton désiré :

– Que cherchiez-vous en me poussant ici ?

Ah ! enfin je ne faisais plus qu'un avec ma propre voix.

Un de mes enfants ou ma femme allait parler; cette fois cela ne pouvait manquer.

– C'est dangereux de crier comme tu l'as fait ! dit la fille. Regarde le résultat.

En effet, la justesse de ma voix avait provoqué une réaction sur le sol au sein des ossements. Leur vieillissement s'accéléra à vue d'œil. En quelques secondes, le monticule déjà très réduit s'égrena pour se tasser en une masse de fin gravier; puis les cailloux blanchâtres un à un se divisèrent et se divisèrent encore pour ne plus laisser par terre qu'une couche de poussière de l'épaisseur d'un doigt.

– Le résultat ! conclut le garçon.

– Est-il comme nous ? demanda sa sœur.

– Non cette poussière n'est animée d'aucune vie. Notre père va nous le confirmer, d'ailleurs. N'est-ce pas ?

Ils me regardaient.

– Non, non, dis-je d'une voix rassurante, aucune vie.

Mais comme personne ici n'était inquiet, je n'avais nullement besoin de m'exprimer sur ce ton réconfortant.

4

Quelque chose pourtant s'était relevé des cendres de mon père. Une fois encore j'étais responsable. J'avais poussé un profond, un très profond soupir devant les restes, juste sous l'ampoule blafarde, et mon souffle avait atteint la poussière à nos pieds. Il n'en fallait pas plus.

– Regardez, dit l'un de nous, un nuage s'élève des cendres.

En effet, un lent tourbillon se souleva en une colonne. Quand elle eut atteint la taille d'un homme, elle se stabilisa et ses contours semblèrent se confirmer. Dans son épaisseur – transparente car les grains de poussière étaient largement écartés les uns des autres – la cendre n'arrêtait jamais de voltiger doucement dans un ballet calme et rassurant. Cette masse légère n'avait ni bras ni tête, mais quelque chose d'indéfini dans sa tenue me rappelait le maintien de mon père quand il se tenait debout, trapu, fort et en même temps insignifiant.

– Cette colonne où la cendre voltige, demanda la femme de sel, peut-on la considérer comme ton père ?

– Impossible ! Mon père était un homme de chair et d'os, non de poussière.

– Alors cette fois, il est vraiment comme nous, dit ma fille.

– Non, répondit son frère à ma place, sa poussière à lui est volatile, et vois à quel point nous sommes compacts. Et surtout, lui reste muet alors que nous parlons sans arrêt. De nombreuses différences existent encore, j'en suis certain, elles s'affirmeront au fil du temps.

La colonne de cendre semblait approuver ; toutefois nous ne pouvions dire comment ce message passait d'elle à nous ; mon père n'avait pas de voix pour se faire entendre et pas de visage non plus pour exprimer d'une grimace ses émotions.

Était-ce une erreur d'être descendu dans la cave ? Je ne peux le dire même des années après ; pourtant une chose s'avérait à cet instant : nous ne pouvions y rester une minute de plus. La colonne de cendre ne s'effondrait pas sur elle-même ; bien au contraire, tout portait à croire, dans la définition des ses contours et le mouvement de plus en plus régulier de ses particules, qu'elle apprenait à se maintenir debout avec une aisance croissante. Rester signifiait lui donner davantage l'opportunité de se raffermir dans son état. Aucun de nous ne savait s'il le voulait ou le redoutait.

– Ton père va-t-il nous suivre ? demanda la femme de sel avec une amertume dans la voix qui nous attrista.

– Crois-tu que nous pouvons l'appeler comme ça ? dis-je sans répondre à sa question car moi aussi je donnais libre cours à mes propres préoccupations.

« Et vous taisez-vous ! ajoutai-je à l'intention des enfants qui, à mon sens, ne pourraient s'empêcher d'exprimer une froide opinion dont je ne voulais m'encombrer.

« Nous verrons bien, enchaînai-je, cette fois pour répondre à la question de ma femme.

Et nous dûmes le constater, la colonne de cendre nous suivit bel et bien dans l'escalier.

Je n'avais pas refusé à mes enfants de descendre à la cave afin de rencontrer le seul lien avec mon passé ; je ne me sentais pas non plus le droit, à ce moment, de fermer la porte violemment derrière nous pour laisser les restes volatiles de mon père dans leur prison. Pourtant, avant de passer sur le palier, la colonne de cendre sembla hésiter comme mon père l'aurait fait, et puis franchit l'obstacle invisible d'un coup pour se retrouver à nos côtés dans la partie de la demeure où elle venait de se faire une place.

Nous étions cinq dans le dégagement, cela faisait beaucoup. Face à la cuisine se trouvait le séjour, la porte en était grande ouverte même si personne depuis longtemps n'y était resté plus de dix minutes d'affilée. C'est là que je conduisis ma petite escorte. La pièce offrait un espace suffisant pour nous permettre de nous regarder à bonne distance et attendre sans gêne la reprise de la conversation.

– Qu'allons-nous faire maintenant ?

Pour répondre à mon épouse il me manquait une donnée. Laquelle ? Je l'ignorais. Puis elle m'apparut dans toute son évidence ; et je la chassai de mon esprit.

Les minutes passèrent, puis les heures. Mes hôtes pouvaient demeurer longtemps encore comme cela. Moi, la fatigue finit par me terrasser. Je devais monter me coucher, pourtant laisser ma famille sans moi dans cette confrontation avait quelque chose d'immoral. La solution brusquement s'imposa ; d'une telle simplicité ; comment n'y avais-je pas pensé plus tôt ? Il me suffisait d'exprimer mon souhait de les voir quitter la pièce.

– Tu passeras la nuit à la cave, dis-je à la colonne de cendre.

Puis, comme elle obéissait déjà, je continuai à l'adresse de mon épouse :

– Viens, il est l'heure de monter nous coucher.

Les enfants, eux, pouvaient traîner où bon leur semblait.

Ah ! si j'avais appris à parler mieux et plus souvent, j'aurais obtenu bien d'autres victoires, aussi belles que ce soir-là.

Toutefois les choses ne rentrèrent pas dans l'ordre grâce à cette simple astuce. Le courage me manqua pour fermer définitivement la porte de la cave et y oublier les restes de mon père. J'aurais pu en trouver la force ce soir-là mais je suis coupable d'avoir reporté cet acte de jour en jour. Ainsi, nous dûmes tous les quatre nous habituer à croiser le nouvel habitant de la demeure au hasard de nos allées et venues d'un étage à l'autre.

L'aspect le plus pénible de sa présence ? Ses apparitions en pleine nuit.

J'avais pris l'habitude d'enlacer ma femme de sel tous les soirs, tendrement, quand nous étions allongés dans notre lit. J'avais trouvé ce grand réconfort inconnu de moi jusqu'alors de la prendre entre mes bras et d'attirer de ma main sa tête au creux de mon épaule. Je le sentais, un plaisir et un apaisement égaux aux miens émanaient de ma compagne. Jamais l'un ou l'autre nous n'aurions voulu revivre cette époque où nous ne nous connaissions pas. Trois jours après sa « naissance », la colonne de cendre pénétra dans notre chambre. Nous ne l'avions pas entendu, sa consistance légère lui épargnait de faire du bruit contre le sol durant ses déplacements. Dans la faible clarté provenant de la fenêtre, les mille miroitements des particules dont elle se formait attirèrent notre attention. Elle était là, dressée, le tronc légèrement penché vers nous dans une position qui donnait à croire qu'elle nous regardait avec attention. A trois pas du lit, elle ne bougeait plus; je veux dire, elle ne se déplaçait plus car ses mouvements internes ne cessaient jamais.

Décontenancés, ma femme et moi ne sûmes ce premier soir quelle attitude adopter. Nous laissâmes l'hôte indésirable à sa contemplation sans relâcher notre étreinte, mais le plaisir que nous goûtions à chaque seconde disparaissait devant cette présence. La colonne de cendre ne venait pas tous les soirs; à chaque fois, pourtant, son arrivée perturbait notre joie mélancolique. Et même les nuits où elle nous laissait en paix, la peur de son irruption ôtait beaucoup à notre intimité. Le corps rigide et granuleux de ma compagne laissait transparaître la déception d'avoir vu briser notre solitude.

– Je lui étais destinée! dit-elle au cours d'une nuit où je dormais profondément.

Il fallut un moment pour que la clarté se fasse dans mon esprit.

– A qui? lui demandai-je car elle attendait cette question.

– A ton père. Je devais être sa compagne.

– Je m'en souviens, oui. Mais mon père est mort. Quant à cet intrus qui trouble mon sommeil et ta quiétude, rien ne m'oblige à le confondre avec mon géniteur.

– Retrouverons-nous notre sérénité malgré lui?

– Peut-être. Il est muet, inoffensif.

– Il est hostile!

– A quoi le devines-tu?

– Je ne sais pas. Je voulais utiliser ce mot : hostile! Quelle est sa signification? Une femme peut-elle l'employer sans honte devant son mari?

– Sans honte, oui, répondis-je en me rendormant, mais je ne sais s'il est approprié.

– Hostile… hostile…, prononçait ma femme comme pour s'imprégner de la sonorité de ce mot.

Et le sommeil me regagna.

5

Une fois, je l'avoue, je fis une tentative pour me débarrasser de la colonne de cendre. J'avais remarqué, lors de l'ouverture de la fenêtre qui donne sur le jardinet, qu'un fort courant aspirait l'air au-dehors ; des objets légers, papiers ou feuilles fanées se voyaient chassés en une seconde vers l'extérieur. Il me suffisait d'ouvrir le battant au passage de l'intrus à l'endroit précis et, d'un coup, il serait projeté définitivement hors de chez nous.

La main sur la poignée de la fenêtre, je passai de longs moments dans la pièce avec la colonne de cendre. Elle ne donnait pas l'impression de se méfier mais son passage devant l'endroit propice ne survenait jamais. Chaque jour, durant cette période, je reprenais mon poste en vain.

Et, un matin, tout fébrile, je la vis passer devant moi, à l'endroit précis où le courant d'air allait être le plus intense. Impossible de reculer ; d'un geste nerveux je tournai la poignée et tirai sèchement le battant. L'air me gifla le visage. La colonne ne fut pas emportée. Le vent en passant à travers son volume provoqua un tourbillon étonnamment rapide des poussières habituellement fort lentes, mais la structure externe de la colonne ne se déplaça pas.

Avait-elle compris la portée de mon geste ?

La forme se pencha en tout cas vers moi. S'agissait-il d'une attitude de menace, de simple surprise ou de n'importe quoi d'autre ? Personne ne se trouvait en mesure de me répondre. Je comprenais toutefois une chose : ni moi ni aucun d'entre nous ne redoutions le personnage. Même si j'avais pu me convaincre de son animosité à ce moment, je le sentais bien, jamais la moindre peur ne me réduirait face à lui. Puis, l'idée que chaque confrontation avec mon père de son vivant était faite de ce mélange de rejet et d'absence de crainte, me troubla.

La main toujours sur le battant, perdu dans mes pensées, je n'avais pas remarqué tout de suite que la femme de sel nous regardait. Elle avait assisté à la scène.

– Alors c'était pour tenter cela que tu passais toutes ces heures à cet endroit.

La réprobation s'entendait dans sa voix.

– N'aimerais-tu pas te retrouver à nouveau seule avec moi et les enfants ?

– Je ne sais pas.

– Ne le trouves-tu pas hostile ?

– Hostile… hostile…, répéta-t-elle comme si elle s'interrogeait encore sur ce mot.

La forme se déplaça vers elle. Elle ne s'arrêta pas à sa hauteur. Probablement se dirigeait-elle vers la cave.

– Promets-moi de ne plus recommencer ! dit ma femme quand l'intrus se fut éloigné.

– Veux-tu vraiment qu'il ou elle reste ?

– Tu fais tout pour ne pas promettre.

– Tu ne réponds pas à ma question.

– Mon plus cher désir est qu'elle disparaisse.

– Alors, trouvons un moyen.

– Ensemble ?

– Nous serions complices.

– Ensemble… ensemble…, répétait-elle.

– Tu comprends ce que tu dis ?

– Nous serions encore plus épouse et époux après ce méfait.

Sa voix atone ne permettait pas de savoir s'il s'agissait d'une question, d'une conclusion ou d'une vague supposition. De toute manière, le sujet était clôturé ; je ne tirerais plus rien d'elle, je le devinais à sa position cassée, le buste vers l'avant.

J'étais fatigué.

Je pensais à mon père.

Je pensais à moi.

Puis, la tête appuyée contre la vitre, je ne pensai plus à rien.

6

La femme de sel marchait de ses pas rapides et secs.

Nous nous connaissions bien maintenant, je lui dis :

– Un souvenir te rend nerveuse.

– Oui ! Oui ! Oui !

Et elle continuait à se déplacer.

Les enfants se trouvaient dans une autre pièce. La colonne de cendre ne s'était pas montrée depuis des jours. Je fis une chose rare : j'invitai ma femme à se confier.

– Mais il est là, il est là, dans mon corps ! me dit-elle en parlant de ce souvenir comme si cette précision suffisait.

Ensuite elle ajouta :

– J'ai eu un père moi aussi.

Elle se tut de nouveau un moment comme si l'incident finissait là. Mais elle allait continuer, plus rien ne l'arrêterait désormais :

– Je vivais mal à cette époque. J'avais un corps d'enfant. Je me souviens d'une petite maison dans un quartier peuplé de personnages doux et taciturnes. De ma fenêtre, je les voyais passer de leur pas monotone. Ils me regardaient. Ils n'étaient pas avares d'un sourire ou d'un geste de la main à mon endroit, pourtant chaque fois qu'ils se parlaient entre eux, ils baissaient la voix. Quand il faisait chaud, j'ouvrais la fenêtre, je pouvais alors les entendre; ils parlaient d'autant plus bas, masquant parfois même leur bouche du creux de la main afin qu'aucun son ne me parvienne. Malgré tout je distinguais l'un ou l'autre mot quand il s'agissait de vieilles personnes à la voix caverneuse. « C'est sa fille… sa fille… » entendais-je invariablement. Et elles reprenaient leur marche en me jetant le même regard paisible, presque éteint.

« Tous parlaient de lui, je le savais.

« Je ne quittais jamais ma chambre. Par la porte toujours ouverte donnant sur le couloir, je pouvais voir déambuler dans la maison le personnage tant redouté dans le quartier. Jamais je n'osais regarder avec franchise en plein jour. J'attendais le soir et je me plaçais dans mon lit, ou sur la chaise disposée près de la fenêtre, de façon à voir ce qu'il était possible du reste de la maison.

« Alors il passait dans la pénombre, de sa démarche pesante. Il était énorme, noir, le visage sous son large chapeau mou rentré dans les épaules. Sa masse se mouvait de gauche et de droite à chacun de ses pas. A la faveur du soir, ses vêtements sombres en faisaient un animal gigantesque redressé sur ses membres postérieurs; un ours énorme, silencieux. Je le voyais errer dans le couloir et dans la largeur de la seule pièce que je pouvais distinguer de ma place. La crainte m'empêchait de me pencher à travers l'embrasure pour mieux le voir; quant à lui, dans ses nombreuses allées et venues, jamais je ne l'ai vu tourner le regard vers moi.

« – C'est mon père, me disais-je parfois, mon père.

« Et une sourde fierté gonflait ma poitrine.

« Une seule fois il me fit réellement peur. La nuit tombait. Dans l'encadrement de la porte, je le vis, comme toujours, mais là il s'était immobilisé. Jamais il n'avait devant moi marqué une seconde d'arrêt; et cette fois il se tenait fixe dans toute l'ampleur de sa masse. Ma poitrine se serra. L'obscurité s'épaississait, je voyais simplement le prodigieux contour du personnage, incapable que j'étais de distinguer s'il me faisait face ou s'il me tournait le dos. J'attendis, haletante, médusée, sans oser bouger jusqu'au matin. Les premières lueurs de l'aube l'éclairèrent; il respirait lentement; son énorme corps gonflait et diminuait au gré de son souffle. Le bord de son chapeau devait lui cacher le visage, dans la lumière grandissante, je ne distinguais toujours pas la couleur de sa face. Je compris bientôt : il me tournait le dos. Un grand soulagement accompagné d'une étrange déception m'envahirent. Il n'avait donc pas passé la nuit à me regarder. Je pus me laisser aller dans les draps et m'endormir, épuisée.

« Dormir!

« Comme vous les êtres de chair qui connaissez cette volupté chaque jour.

Son récit achevé, elle me tourna le dos.

Était-elle capable de souffrir?

Je m'approchai d'elle et posai la main sur son épaule. Elle me fit face.

Je dévisageai longuement sa figure impénétrable.

TROISIÈME PARTIE

1

La façade de la maison continue et continuera à prendre cette teinte de plus en plus indéfinie. Du moins je le pense, car jamais je ne la regarde. Un passant qui aurait refusé de lui jeter un coup d'œil durant des années aurait-il été surpris après tout ce temps par le résultat de sa lente dégradation ? Probablement pas ; on ne s'étonne pas de la décrépitude d'une maison ; comme si elle avait été construite dans cet état ou comme si elle avait existé de toute éternité.

Je connais toutes les pièces pour les avoir fréquentées ou évitées. Elles ne sont pas bien nombreuses ; ni plus ni moins sans doute que dans les bâtisses voisines. Et ce jour-là, je découvris une chose étonnante : la maison possédait une sonnette. Elle retentissait de son timbre clair, merveilleusement sonore. Vous le savez, je ne vivais pas seul en ces lieux ; nous étions cinq à parcourir les couloirs et les escaliers, à nous mouvoir ou nous arrêter dans les chambres. Tous les cinq nous fûmes pétrifiés quand cette sonnerie résonna. Dans le cœur de chacun s'ouvrit une brèche entre le ravissement et l'effroi : on sonnait de l'extérieur ; on voulait entrer ici. « Quelqu'un du dehors ! » répétions-nous en nous-mêmes.

– Va-t-on entrer ? demandèrent les enfants d'une même voix.

– C'est immanquable, m'entendis-je répondre.

Je regardai mes enfants, ma femme et les restes de mon père.

– Vous ne pouvez demeurer ici dans le séjour où je vais recevoir notre visiteur.

Avec une émouvante application, ils quittèrent l'endroit. Quand ils eurent disparu, je me dirigeai vers la porte d'entrée.

Un petit homme gris attendait au-dehors; il serrait un porte-documents sous son bras. A la réflexion, un être aussi pâle n'était pas capable de sonner aussi énergiquement; il devait se trouver là, debout, depuis longtemps sans oser avancer la main vers le bouton.

– Vous l'avez vu? demandai-je.

– De quoi parlez-vous?

Sa voix était parfaitement adaptée à sa physionomie.

– Celui qui a sonné, vous l'avez vu?

– C'est moi!

Un homme répondant avec cette brièveté avait parfaitement le droit de pénétrer dans la maison; pourtant je ne pouvais juger si tel était son désir. Il avait sonné, certes, mais pratique-t-on de la sorte quand on veut s'introduire dans un foyer? Nous avions perdu cette coutume depuis si longtemps ici; comment savoir au juste?

– Puis-je entrer?

Je lui sus gré d'orienter nos rapports de cette manière. Je m'esquivai afin de le laisser passer et refermai la porte derrière lui. Il me suivit dans le séjour. Malgré son apparence terne, il ne manifesta aucun signe de timidité en pénétrant dans cette maison inconnue. Son absence de personnalité n'entravait aucun de ses gestes. Il posa son porte-documents sur la table, retira sa veste qu'il pendit au dossier de la chaise et, sitôt assis, sortit un stylo et des papiers; tout cela comme un fonctionnaire le ferait dans ses propres bureaux, sans lever les yeux vers moi, tout à sa tâche.

– Vous êtes le propriétaire de cette maison ?

– Maintenant oui.

Il cocha une case sur son document.

– Votre nom ?

La régularité de ses manières me plaisait infiniment ; je ne voulais pas décevoir un homme travaillant avec cette dextérité, mais ses questions, ici, ne trouvaient pas de réponses ; ou, disons, les réponses que j'étais en mesure de lui donner n'avaient pas la consistance et la véracité attendues.

– Vous avez un nom sur vos papiers, correspondant à cette adresse ! lui dis-je.

– Effectivement.

– Ce ne peut être que le mien.

La tournure prise par l'entretien déstabilisait mon visiteur ; il perdit un rien de son calme ; mais je le vis se reprendre très vite ; en fin de compte il griffonna quelque chose sur son formulaire. Quand il releva la tête, il laissa son regard perdu devant lui comme s'il réfléchissait profondément.

– Et vous, comment vous appelez-vous ?

Ma question l'avait fait sursauter.

– Comment je m'appelle ? Heu ! je m'appelle... je m'appelle... Oui, disons que mon nom... Enfin, voilà, je suis un employé communal, comprenez-vous, un simple employé communal.

Le visiteur se gratta le front, les trait tirés. Se trouvait-il, lui, travailleur consciencieux, devant une embûche ? Je ne sais. Quoi qu'il en soit, assez mystérieusement son attitude de détachement professionnel fit place à une détente tout à fait familiale comme si depuis toujours il fréquentait cette maison. Une main posée sur la table, l'autre bras replié sur le dossier de la chaise, il semblait prendre un peu de repos.

– Désirez-vous un verre d'eau?

Il ne répondit pas. Il se mit à tapoter de ses doigts contre son porte-documents posé à plat sur la table, légèrement, sans faire de bruit.

– Ma tâche n'est pas facile, finit-il par dire.

Il se remit à feuilleter ses papiers.

– J'aime mon métier, comprenez-vous!

– Eh bien, enchaînai-je, si vous en veniez au fait.

– Attendez, je n'ai pas encore terminé. Vivez-vous seul dans cette maison?

– Non.

Ma réponse était trop courte.

– Femme? Enfants? Proches parents?

Il avait repris son stylo.

– Oui, tout cela. Écrivez : une femme, deux enfants.

– Mais encore?

– Peut-être un proche parent.

– Peut-être! Je n'ai pas une telle case à cocher dans votre dossier. A vrai dire, cela n'importe pas, une cellule familiale est répertoriée dès qu'il y a un couple. Et il y a bien un couple, n'est-ce pas?

– Oui, répondis-je froidement devant son air suspicieux.

– Je ne demande pas à voir qui que ce soit. De toute manière, quand vous saurez!

Allait-il me décevoir? J'étais prêt à tout accepter de lui mais pas des sous-entendus.

– Finirez-vous par me dire l'objet de votre visite !
– Oui.
– Quand ?
– A l'instant. Mes fiches sont complètes, du moins pour les renseignements indispensables.

Il se recueillit un moment avant de continuer :

– Vous allez être exproprié !

Il me regarda avec beaucoup de dignité. Sans doute, face à sa sentence, s'attendait-il à une réaction désespérée ; il donnait l'impression par son maintien de vouloir me soutenir dans un moment difficile. Pourtant, je m'en étonnai moi-même, je ne ressentais aucune des émotions plausibles devant une telle situation. Ma froideur dut surprendre mon visiteur ; il me toisait maintenant avec attention.

– Vous avez compris ?

Je fis oui de la tête.

– Vous ne me demandez pas la raison ?

C'est vrai, on ne chassait pas sans motif les gens de chez eux.

– Pourquoi va-t-on nous exproprier ?

– C'est la question que je redoutais, dit-il en appuyant son menton sur ses poings, ses coudes posés sur la table ; toutefois je ne peux l'éluder. Recevoir une explication claire fait partie de vos droits, mais il m'est très difficile de vous la donner : vous ne faites l'objet d'aucune plainte. Habituellement, j'accomplis moi-même toute la procédure, et quand je me présente à un domicile pour une requête ou toute autre obligation administrative, je connais parfaitement le dossier et peux faire face à toute réclamation ou question. Dans votre cas, je dois le dire, l'ordre est venu d'un supérieur. Je ne vous cacherai pas quelle a été ma surprise de découvrir la banalité de votre habitation. A mes yeux, seule une personnalité importante pouvait faire l'objet d'un ordre direct. J'ai vérifié par trois fois l'adresse inscrite dans mon agenda avant de sonner chez vous. Un tel quartier! Une telle bâtisse! Rien pour inquiéter qui que ce soit. Mais voilà, une procédure reste une procédure; si j'ignore le motif de celle-ci, les faits sont là : vous êtes bien visé par un ordre d'expulsion.

– Pour quelle date?

– Ah! n'allons pas si vite. Je devais simplement établir l'irréfutabilité de votre domicile et vous prévenir de la décision de l'administration, quant au bon déroulement de cette affaire, nous verrons.

– Bien, fis-je finalement comme si ce problème était réglé, si je n'abuse pas de votre patience, j'aimerais vous montrer quelque chose; mais vos fonctions vous interdisent peut-être de bavarder de faits personnels avec les administrés.

– Mes matinées ne sont pas trop chargées et rien ne s'oppose à l'un ou l'autre moment de délassement durant mon travail; du moins si telle est mon envie; et maintenant... précisément je m'offrirais volontiers un tel moment.

– Alors, continuai-je très satisfait, vos fonctions vous amènent à pénétrer dans l'intimité des familles, n'est-ce pas?

– En effet, en plus des nombreuses heures passées au siège de l'administration, je visite quantité de foyers.

– Vous pouvez donc les comparer les uns aux autres.

– Ce n'est pas là le but, et mon professionnalisme est réputé, mais immanquablement, je peux témoigner des écarts sociaux que je constate chaque jour sans le vouloir.

– Si vous acceptez, je vais vous présenter les membres de ma famille et vous me direz simplement si quelque chose vous heurte ou vous surprend chez eux.

– J'accepte, mais pourquoi ce mystère ?

– Je n'en dis pas plus.

J'appelai ma femme et mes deux enfants. Ils descendirent sagement l'escalier.

– Je vous présente mon épouse et nos deux petits.

La femme de sel et les enfants de poussière fixèrent l'employé communal de leurs grands yeux, sans un battement de paupières. Notre visiteur aussi les regardait.

– Eh bien ? demandai-je.

– Quelle réaction suis-je sensé avoir ?

– Vous fréquentez de nombreux foyers, moi je ne sors jamais ; comment pourrais-je comparer ? Soyez spontané, dites-moi si l'une ou l'autre chose vous étonne.

– Je ne vois là qu'une épouse et deux enfants tout à fait normaux.

– Nous ressemblons donc exactement aux autres familles !

– Je n'ai jamais dit cela, mais je vois tant de singularités dans l'uniformité générale des maisons où je pénètre.

– Et chez nous, y a-t-il une marginalité, une différence marquante ?

– Très peu, très peu. Bien sûr, en y réfléchissant, que votre femme se présente nue devant un employé communal, que l'aspect granuleux de sa peau atteste qu'elle est constituée de sel et non de chair, que vos enfants soient nus eux aussi et fait d'un amalgame gris difficile à identifier, tout cela n'est pas tout à fait ordinaire ; mais une fois encore, c'est si peu, si peu.

Nous n'allions pas nous arrêter en si bon chemin; je me décidai à faire descendre la colonne de cendre.

– Qu'est-ce encore que cela? demanda l'employé.

Il remit tous ses papiers dans son porte-documents comme s'il se préparait à partir. Tous les quatre, et sans doute même la colonne de cendre dont les sentiments n'étaient jamais visibles, nous nous trouvâmes subitement fort tristes; nous nous étions déjà attachés à ce visiteur. Mais en fait il ne partait pas du tout; il avait remisé ses effets avec empressement sans doute pour clôturer au plus vite son travail car aussitôt il s'ajusta confortablement sur sa chaise et prit à table l'attitude d'un homme se préparant à manger.

– Désirez-vous un verre d'eau?

Il avait déjà refusé une première fois; il se contenta à présent de faire un petit geste négatif du doigt.

– Je désirerais faire une chose bien particulière, dit-il; cette chose, jamais je ne me la suis permise au cours de mes nombreuses visites.

– Je vous en prie, dis-je pour l'encourager car il semblait hésiter.

– J'aimerais vous parler de moi!

– Nous en serions fort heureux, répondit ma femme.

Et ce fut une bonne idée qu'elle prenne la parole.

2

– Avant tout, commença l'employé communal, précisons un détail : la maison où j'habite est bien plus vaste que la vôtre. Elle n'est pas située dans un quartier cossu mais les pièces ne manquent pas. Mes parents ont donné naissance à dix-huit enfants, neufs garçons et neuf filles. Tout d'abord sont nés les frères, les uns à la suite des autres, séparés d'à peine plus d'un an; ensuite vinrent les sœurs, se suivant de façon régulière elles aussi. Ma mère, loin de paraître fatiguée par ses nombreuses maternités, ne nous privait jamais de son sourire ni de la fraîcheur de son visage. Après chaque accouchement, elle retrouvait une candeur toute juvénile; et même durant la grossesse, elle gardait son entrain, n'interrompant les tâches ménagères que trois ou quatre jours, le temps de donner vie au nouvel enfant et de se reposer quelque peu.

« Un an après la dernière naissance, dans la maison, nous nous regardions tous, étonnés, sans oser parler de notre préoccupation commune : maman gardait au fil des mois sa minceur. Nous avions l'habitude de voir son ventre regonfler; et constater que le cycle s'était achevé, peut-être définitivement, nous plongeait dans la perplexité. Sur le visage de mon père seulement ne se lisait aucun étonnement. Mais lui, son austérité et sa froideur ne l'abandonnaient en aucune circonstance.

« Mon père et ma mère ne se parlaient jamais. Il en avait toujours été ainsi. Le matin, alors qu'elle s'affairait déjà entre les langes et le nettoyage, lui partait au travail. Nous ignorions tous quelles étaient ses activités. Quand il rentrait le soir, il déposait son cartable à l'endroit habituel près de la porte, passait devant nous en nous saluant d'un petit grognement rébarbatif et croisait maman sans lui prêter la moindre attention. Il montait faire sa toilette. Nous entendions de grands bruits d'eau dans la salle de bain et de temps en temps des râles comme s'il se soulageait d'une journée trop rude. Il redescendait, l'air apaisé, sans se départir de sa froideur, enveloppé d'un peignoir propre et soigneusement repassé — nous voyions chaque jour notre mère le pendre religieusement à son intention sur un cintre dans la salle de bain. Il s'installait alors à table pour le repas. Aux plus âgés des enfants il adressait bien quelques mots; à ma mère il se contentait d'un geste du doigt afin d'indiquer sur la table ce qu'il désirait; elle s'empressait d'ailleurs de lui fournir le pain, le beurre ou le moindre couvert hors de sa portée.

« Il ne nous interdisait pas de parler mais en sa présence nous baissions naturellement le ton. Nous redoutions le dîner. Pourtant mon père n'élevait jamais la voix. En fin de compte, chaque soir, nous nous sentions apaisé de le voir manger avec un tel calme, avec une telle application.

« Il terminait la soirée sans quitter sa chaise, fumant plusieurs cigarettes les unes à la suite des autres de son air concentré comme s'il réfléchissait aux terribles activités de sa journée. Puis il montait se coucher; et ma mère qui s'était tenue dans un coin se lançait alors dans une frénétique activité pour débarrasser la grande table, nettoyer et lancer des ordres autour d'elle.

« Une chose de temps à autre nous effrayait. Cela survenait uniquement durant les périodes où ma mère avait le ventre plat. Mon père, après avoir fumé méthodiquement comme à l'accoutumée, se plantait debout au pied de l'escalier. D'un air méchant que nous ne lui connaissions qu'à ce moment, il regardait sa femme avec insistance. Immanquablement, elle laissait là ses tâches ménagères et se dirigeait vers lui, la tête baissée. Quand elle arrivait à sa hauteur, il la prenait par la taille – elle était toute menue à ses côtés – pour l'emmener vers l'étage. Nous étions saisis par une peur immense. Son visage, au moment où il portait la main vers elle, perdait sa terrible dureté pour afficher une douceur inexplicable. La tendresse qui se lisait lors sur ses traits nous glaçait.

« Et ils montaient, enlacés, nous laissant en bas dans le désordre.

« Nous n'osions quitter notre place, figés par la honte.

« Un an après la dix-huitième naissance, comme je l'ai dit, devant la minceur persistante de maman, nous ne savions quel cours prendrait la vie dans la maison. Notre père rentrait toujours à la même heure de son travail, mais avant d'aller dormir, au lieu de fumer, il passait de longs moments debout devant un pan de mur. Il se tenait toujours au même endroit, près d'un coin dans notre vaste salle à manger; il scrutait attentivement cette portion de cloison comme si une écriture invisible devait s'y déchiffrer.

« Peu après nous constatâmes la disparition de maman. Aucun d'entre nous n'osa en parler. Elle n'était pas descendue un matin; et tous mes frères et sœurs, comme moi j'en suis certain, eurent immédiatement la conviction que plus jamais ils ne la reverraient. Après trois jours de stupeur, nous dûmes prendre en charge nous-mêmes l'intendance de la maison; en effet, notre père que l'absence de maman ne semblait nullement affecter se montrait particulièrement irascible quand il constatait du désordre; et ne parlons pas de ces deux premiers soirs où il ne trouva pas son repas prêt; sur son visage se lisait une telle fureur que nous mîmes par la suite tout en œuvre pour apaiser dignement sa faim.

« Nous apprîmes à nous organiser sans un mot sur la cruelle absence. Nul besoin de se concerter, chacun vaquait à une occupation; quand nous nous rendîmes compte que sur la portion de mur que scrutait encore notre père une longue lézarde était apparue. L'expression de papa différait aussi; il ne donnait plus l'impression de décrypter un message obscur, non, il regardait avec satisfaction cette crevasse noire dans le plafonnage.

« Bientôt, une des filles disparut. Nous la cherchâmes partout, dans les recoins de chaque pièce, sous les meubles, dans les meubles. Elle ne reviendrait jamais, nous le savions. Nous n'ignorions pas un autre détail : une deuxième crevasse était apparue sur « le mur du père ».

« La maison se vida. Il ne fallut pas plus de deux mois. Chaque nouvelle absence ne donnait plus suite à de vaines recherches dans la vaste demeure. Chez les enfants encore présents, au fil des disparitions, la résignation se mêlait à une colère rentrée; mais dirigée contre qui? Contre notre père? Il passait ses soirées devant « son » mur, attentif à chaque nouvelle lézarde; nous étions incapables de démontrer sa responsabilité dans les événements de ces dernières semaines. Quant à oser lui poser la moindre question!

« Un jour, je dus me rendre à l'évidence, dix-huit lézardes striaient le mur, profondes et noires. Nous restions seuls mon père et moi.

« – Quel âge as-tu? me demanda-t-il.

« – Vingt-cinq ans.

« – Il est temps que tu travailles. Je me sens usé par mes trop longues journées. Dorénavant je vais rester ici. J'ai pris contact pour toi à l'administration; on t'y attend. Ta serviabilité et ta pondération feront de toi un bon employé communal. Tu commences demain, à neuf heures. Ils apprécient la ponctualité.

« Je posai une question qui m'étonna moi-même :

« – Papa, quel était ton métier?

« – Moi! fit-il, étonné. Eh bien, moi aussi je travaillais à l'administration jusqu'à aujourd'hui; mais, je dois le dire, j'y accomplissais la pire des tâches. Rassure-toi, tu seras un simple fonctionnaire. Tu manques des qualités – disons plutôt des caractéristiques – indispensables pour me remplacer. Une personne plus aguerrie sera nommée pour ce devoir.

« Ainsi, dès le lendemain, je pris mes fonctions. Je n'eus de cesse au fil des mois d'améliorer le déroulement de mes journées de travail. Croyez-moi, donner satisfaction dans un cadre professionnel exigeant est une joie à laquelle peu d'autres plaisirs peuvent être comparés. Des dossiers comme ceux-là, entendais-je dire de mon travail, on en boucle peu d'aussi clairs, d'aussi complets.

« Ces premières années restent gravées dans ma mémoire.

« Pourtant ma vie privée m'offrait tout le contraire. Mon père, s'il avait fait un bon choix quant à ma carrière, me donnait de nombreux soucis. Nous retrouver en tête-à-tête dans une maison où fourmillait naguère la vie, nous décontenançait tous les deux. L'arrêt brutal de ses activités ne lui valait rien. Il devenait acariâtre. Je rentrais tard le soir fatigué par mon travail. Il m'attendait, raide, rébarbatif, assis à sa place devant la table, attendant le repas que je devais encore préparer. Il m'en voulait, je le comprenais à sa façon de me dévisager; mais de quoi? De le laisser seul toute la journée? Je n'en sais rien. Je ne voulais même plus me poser la question.

« Il ne regardait plus « son mur » où les lézardes se dessinaient toujours. Les reboucher aurait été une erreur, je le sentais. Pourtant il n'y prêtait aucune attention, et cela aussi était mal.

« Un soir, je ne le trouvai pas à sa place en rentrant. Je ne le cherchai pas dans les nombreuses pièces de la maison; je savais où le trouver. Je côtoyais du monde maintenant; l'époque où j'étais simplement l'aîné sans expérience de dix-huit enfants était bien révolue. Si certains collègues se montraient d'une grande froideur – je savais d'ailleurs bien la leur rendre –, d'autres me parlaient; et entre deux dossiers, on m'avait appris sur la vie des détails insoupçonnés. Je savais où finissent les pères. Je me dirigeai droit vers la cave.

« Il s'y trouvait.

« – Tu m'apporteras mes repas ici dorénavant!

« Il ne s'était pas même tourné vers moi pour me lancer cet ordre.

« – Je ne suis là que le soir, tu mangeras une seule fois par jour.

« – C'est bien assez!

« La force de sa personnalité n'avait aucunement faibli.

« Peut-on aimer un tel homme?

« Moi oui.

« – Quand cela finira-t-il? osai-je lui demander car moi aussi je m'étais fortifié.

« – Le jour où je me tuerai! Tous les pères le font. Tu travailles au-dehors à présent, tu as dû apprendre beaucoup de ces choses.

« – Pas celle-là!

« – Voilà qui est fait.

« Puis il ajouta :

« – As-tu songé à fonder une famille?

« – Est-ce nécessaire?

« – Oui.

« – Alors je peux répondre : j'y ai songé.

« – Avec qui?

« – Avec une femme que je croise tous les jours, enchaînai-je sans la moindre gêne devant cet homme austère.

« – L'aimes-tu?

« – Oui.

« – Partage-t-elle ce sentiment?

« – Oui.

« – As-tu honte de parler de cela à ton père?

« – Non.

« Ma raideur devait plaire à mon géniteur; je continuai :

« – Je suis tempéré, elle est dynamique. Je suis trop réfléchi, elle est trop spontanée. J'ai une pierre à la place du cœur, elle y a une flamme. Je suis fait de plusieurs éléments disparates, elle est d'une pièce. Elle est petite, elle est brune. Ses yeux sont des noisettes vivaces et la vibration de tout son être me transperce la poitrine à chaque rencontre. Elle s'appelle… elle s'appelle… Ah! si seulement je pouvais retenir son nom.

« – Vous vous voyez depuis longtemps?

« – Depuis deux jours.

« – Acceptera-t-elle de venir ici et d'avoir dix-huit enfants?

« – Je lui ai posé cette question ce matin.

« – A-t-elle répondu?

« – Pardonne-moi, père, je croyais lui avoir demandé, mais à la réflexion, je n'ai rien dit.

« Mon père baissa les yeux. Il était assis dans la pénombre de la cave. Je m'aperçus à ce moment que c'était un vieil homme.

L'employé communal interrompit son histoire. Il avait parlé sans regarder l'un ou l'autre en particulier. Il me fixa brusquement.

– Maintenant, je boirais bien un verre d'eau.

3

Après avoir vidé son verre, il continua :

– Mon père est mort. Comme il l'avait dit. Je l'ai retrouvé replié sur lui-même et, comme tous les fils, j'ai refermé la porte de la cave pour le laisser en paix.

« Ce matin-là, j'ai pris mon premier jour de congé. Je devais retrouver cette fille dont je ne pouvais me passer. Je suis libre de toute autorité, lui aurais-je dit, personne ne nous oblige à procréer un si grand nombre d'enfants; suis-moi; viens, viens vite.

« J'eus beau faire, elle demeura introuvable. Je me mis moi-même à scruter chaque mur de la ville pour voir si une nouvelle lézarde n'était pas apparue ce jour-là; mais il en était tant de crevasses vieilles ou fraîches sur les façades des maisons ; je ne devais pas être aussi déraisonnable.

« Malgré tout, je ne doutais pas de la revoir. Je me mis à arpenter les rues menant vers mon lieu de travail. Après plusieurs allers retours infructueux, je commençai à me demander si je la rencontrais bien journellement sur ce parcours. Son souvenir jusque-là très précis devint alors fugace. Les traits de son visage, ses expressions, son air coquin se confondaient à présent.

« Je rentrai chez moi. J'étais épuisé et j'avais perdu une journée de travail pour rien.

« Le lendemain, décidé à rattraper le temps perdu, je me précipitai vers l'administration, à la main un cartable rempli de documents passionnants. Quand subitement je la vis ! Elle se tenait au bout du pâté de maison, dos contre le mur, son visage triste tourné vers moi. Au moment où elle comprit que je l'avais vue, elle disparut à l'angle de la rue. Jamais je ne lui avais vu ce regard désespéré. Je courus pour la rejoindre ; arrivé au carrefour, j'eus juste le temps de l'apercevoir sur la gauche ; elle disparaissait à nouveau, se cachant à l'autre angle du pâté. Si je m'étais souvenu de son nom, j'aurais pu l'appeler. Bien vite, je remarquai une chose : la distance qui nous séparait demeurait rigoureusement la même, celle du pâté de maison carré autour duquel nous courions. Quand j'accélérais le pas, elle faisait de même ; quand je décélérais, elle aussi. Je m'arrêtai brusquement. Elle stoppa au même instant, un pied soulevé vers l'arrière, le buste en avant, dans l'attitude interrompue de la course.

« Elle garda cette position un quart de seconde à peine. Elle me fit face et, avec un sourire retrouvé, elle se dirigea lentement vers moi.

« – Pourquoi me fuyais-tu ? demandai-je quand elle fut à ma hauteur.

« – Tu vas arriver en retard à ton travail.

« – Je pars toujours très tôt, j'ai encore le temps. Aurais-tu continué à courir si je ne m'étais pas arrêté ?

« – Connais-tu le métier de ton père ?

« – Mon père n'est plus de ce monde.

« – Peut-être, mais de son vivant ?

« – Il travaillait comme moi à l'administration.

Elle souriait toujours mais un fond de tristesse reparut sur son visage.

« – Comment t'appelles-tu ? demandai-je.

« – Je te l'ai dit hier.

« – Hier, je t'ai cherchée partout sans te trouver.

« – Avant-hier alors ! Et toi, comment t'appelles-tu ?

« – Je te l'ai dit avant-hier moi aussi.

« A ce moment, vous me croirez ou non, je me retrouvai chez moi. Sans aucune transition. L'instant d'avant, j'étais avec elle ; et là, j'étais planté dans le séjour de notre maison, trop grand pour moi seul. Nous parlions de nos noms, c'est bien cela, et puis plus rien. Je me grattais la tête, irrité par cette contrariété. Il n'était pas très tard encore, j'étais pourtant décidé à monter me coucher tout de suite. Le lendemain, une journée ouvrable m'attendait, rien ne pouvait être plus rassurant.

« En passant près du mur aux lézardes, à travers les marches ajourées de l'escalier, je vis le cartable de mon père. Ordinairement il le laissait près de la porte et l'empoignait le matin. Après sa mort, je l'avais rangé là. Sa présence m'attirait maintenant de façon irrésistible. Je l'amenai en pleine lumière. Il était usé, le cuir griffé de partout, la poignée noircie par des années d'usage. Il était bien gonflé, étonnamment léger pour son volume. Je le posai sur la table pour l'ouvrir, quand j'eus un sursaut : le poussoir d'ouverture était encore attaché à l'arrêt par une boucle en plastique sans doute destinée à l'étiquette de prix, comme s'il n'avait jamais été ouvert. Je dus d'ailleurs aller chercher des ciseaux pour couper cette boucle et libérer la fermeture. J'ouvris alors d'une main fébrile. Il contenait encore les papiers bruns chiffonnés que l'on met dans les sacs en vente pour leur donner du volume. A l'intérieur, la doublure était totalement neuve.

« J'avais toujours connu ce cartable. Des années et des années durant, mon père l'avait pris avec lui le matin et l'avait reposé à sa place le soir.

« Avec une indifférence feinte, au cours de la semaine, le nez plongé dans mes papiers, j'abordai avec un collègue plus ancien le sujet qui me préoccupait :

« – Tu travaillais bien ici, n'est-ce pas, quand je suis arrivé après la mise à la retraite de mon père ?

« – Oui, oui, fit-il, heureux de me voir délaisser pour une fois mon travail.

« Je laissai pourtant un blanc dans notre conversation. Je me concentrais afin de cacher mon trouble.

« – Au fait, finis-je par dire, quelle était sa fonction ?

« – Ton père ? A vrai dire, je n'en sais rien. Je l'ai croisé deux ou trois fois tout au plus. Il travaillait au dernier étage et j'ignore totalement ce qu'on y fait.

« Au risque d'être éconduit, je demandai à l'instant même une entrevue avec le chef de ce service. Au téléphone, il ne sembla d'ailleurs pas s'en étonner. Il me fixa un rendez-vous dans la journée et je me présentai dans son service au moment convenu.

« Sur chaque porte, gravée sur une plaque métallique, figurait la fonction du bureau. Il en était ainsi dans tous les couloirs. Pourtant là, au dernier étage, seul un numéro sans aucune autre mention apparaissait près de la sonnette.

« Le chef de service me fit entrer. Il me proposa un siège avec une amabilité étonnamment appuyée envers un subalterne.

« – J'attendais cette entrevue depuis longtemps.

« J'allais lui répondre que jusque-là je ne le connaissais pas mais il continua avec une curieuse rapidité :

« – Venons-en au fait !

« – Vous avez connu mon père, n'est-ce pas ?

« – Oui, fit-il avec de l'étonnement dans la voix, il travaillait bien dans ce service.

« Visiblement, mon interlocuteur ne s'attendait pas à cette question. J'avais l'impression d'avoir dévié de notre sujet ; il n'y avait pourtant eu aucune vraie conversation.

« – Eh bien, votre père ? continua-t-il pour me relancer – car je gardais le silence – en s'efforçant non sans mal de demeurer aimable.

« – Quel était son travail ici ?

« Le chef de service se gratta le menton, embarrassé malgré ses hautes fonctions.

« – Si je m'attendais à cela, se dit-il.

« Il ajouta à mon intention :

« – Il partait souvent en mission.

Puis, comme il venait de se rendre compte qu'il ne m'avait pas répondu :

« – Savez-vous pourquoi on ne trouve rien d'inscrit sur les portes de cet étage ?

« – Non, fis-je.

« – Savez-vous pourquoi le personnel de cet étage ne se mêle jamais à vous ?

« – Non.

« – Il faudra vous contenter de cela !

« Il s'était levé et me tendait la main en signe d'adieu.

« Une fois redescendu, malgré les regards interrogateurs de mon collègue, je ne fis aucune allusion à cet incident.

L'employé communal resta perdu dans ses pensées. Rien n'indiquait son intention de partir ; il semblait bien au contraire apprécier notre compagnie. J'aurais aimé lui faire part de ma propre sympathie mais je le connaissais depuis deux heures à peine. Une sorte de pudeur me retint. Et visiblement il se concentrait de plus en plus sur un souvenir ; je n'osais le faire sursauter en lui adressant la parole. Toutefois, au fil des minutes, son silence finit par devenir inconvenant. L'employé ne manifestait aucun signe susceptible de faire croire à sa volonté de reprendre la parole. Plongé au plus profond de sa conscience, les images de son passé le retenaient au point de lui faire perdre la notion de sa présence dans une maison où il était étranger. Pour le ramener à nous, une simple question suffisait :

– En fin de compte, avez-vous découvert le métier de votre père ?

– Je vous ai parlé de mon père ! fit-il, brutalement revenu dans la conversation. Ah oui ! nous parlions de cela précisément. J'ai de nouveau rencontré cette jeune fille. Elle avait dû me suivre. Elle savait où je travaillais et à quelle heure je sortais des bureaux. Elle m'attendait invariablement sur le trottoir, jamais deux fois à la même place mais toujours sur le trajet exact entre mon travail et ma demeure. Elle devait me connaître comme personne pour savoir que jamais je n'aurais modifié d'un pas mon parcours. Moi aussi je l'aimais. Je devais le lui prouver. Alors je passais hautain, presque méprisant devant elle chaque jour. Elle éprouvait un grand plaisir à se voir traiter de la sorte, j'en suis certain. Bientôt, elle m'attendrait devant chez moi et, toujours distant malgré ma fébrilité, je laisserais la porte entrouverte, elle se ferait happer et plus jamais elle ne sortirait. Ces images de bonheur m'envahissaient, je n'en étais que plus froid lorsque je la croisais.

« Mais un jour, une décision aux conséquences incalculables fut prise à l'administration. Pour une raison qui m'échappe, l'horaire du début de journée dans le service fut avancé de dix minutes, avec pour terrible corollaire le fait que nous sortions dix minutes plus tôt. Aussi, à partir du premier jour de cette modification, je ne vis plus ma fiancée. Comment avait-elle pu se laisser prendre à une si grossière perturbation ? Mais, me direz-vous, j'aurais pu patienter le temps nécessaire à la sortie et exécuter le trajet du retour à l'heure habituelle. Il était impossible de me laisser emporter dans une telle dérive. Un jour, fatalement, j'aurais dû avouer à la femme qui partagerait ma vie que j'avais manipulé mes propres horaires de travail pour des raisons sentimentales; notre couple n'aurait pas survécu. Ainsi, je m'obstinai dans ma terrible ponctualité.

« Voilà comment on laisse échapper sa vie, monsieur, voilà!

L'employé communal avait fini. Il se taisait à nouveau. Il me regardait droit dans les yeux cette fois.

Soudain un voile se déchira dans mon esprit. Le visiteur n'était pas venu pour nous faire part de l'échec de sa vie mais bel et bien pour nous signifier notre expropriation. Il dut comprendre mon tracas car il enchaîna :

– Je n'ai pas oublié pourquoi je suis là. Je vous ai fait part de mon étonnement quant à cette affaire. La rapidité de la procédure, l'absence de raison apparente m'ont étonné, mais pas troublé. Jusqu'à ce jour, nous ne nous connaissions pas; à présent je peux vous promettre – sans ralentir l'avancement du dossier – que je vais me renseigner, à titre tout à fait privé – rien d'ailleurs ne me l'interdit – sur le fondement de cette expropriation. Laissez-moi quelques jours et je reviendrai.

4

L'employé communal n'était pas homme à faire de vaines promesses. Quinze jours après son premier passage, il sonna à notre porte. Il entra sans un mot, déjà comme un vieil habitué. D'un geste machinal il posa sur la table le dossier qu'il avait sous le bras.

– Je suis préoccupé, dit-il sans un bonjour.

– Pour nous ou pour vous? demandai-je.

– Pour moi! Je serais bien passé vous voir plus tôt mais je devais en avoir le cœur net. En un mot, je suis monté au service de documentation, deux étages plus haut, pour consulter votre dossier. L'organisation y est très claire : chaque rue est classée alphabétiquement, et chaque logement suivant le numéro. Dans la chemise qui concernait votre habitation, j'ai bien trouvé l'original de l'avis d'expropriation, mais rien d'autre. Aucun addenda ne venait confirmer par une motivation fondée la décision de vous chasser de chez vous. Cela ne veut pas dire que la raison n'existe pas. Elle se situe simplement plus haut dans la hiérarchie. Consulter ces dossiers n'est pas interdit mais il faut remplir une demande préalable et y notifier la raison.

– Et cela vous était difficile!

– Bien sûr que non. Je peux parfaitement invoquer la vraie raison. Vous allez trop vite. Comme je rangeais votre dossier, mes yeux tombèrent sur le dossier suivant.

C'était le mien, du moins celui de ma maison. Il se trouvait bien à sa place, il suivait logiquement dans le classement. Nous habitons la même rue, je venais de m'en rendre compte. Ce simple fait ne m'a pas troublé : pour venir ici, je prends du mauvais côté et je marche longuement avant d'arriver. Cela n'est rien, je vous assure.

« Ce fut un geste bien naturel : j'ai ouvert la chemise cartonnée, et là, au milieu des relevés du cadastre – en ordre, je tiens à jour tous mes paiements – se trouvait un avis d'expropriation en tout point semblable au vôtre. Il me concernait, moi, un employé communal.

– Et le vôtre, était-il accompagné d'une fiche de motivation?

L'employé hésita.

– Oui, finit-il par dire. Elle concernait les activités de mon père. En tout cas, je rangeai les documents soigneusement, dans l'ordre où je les avais découverts. Même s'agissant de ma propre personne, mon intransigeance professionnelle m'empêchait de compromettre la moindre procédure. Pourtant ma rage grandissait. Je ne pus réprimer un geste absurde : je rouvris votre chemise cartonnée et en ôtai votre avis d'expropriation pour le faire disparaître dans une poubelle.

« Ainsi, j'ai attendu deux semaines avant de venir. Je ne savais comment, au juste, fonctionne le service de documentation. La destruction de ce document suffisait-elle à enrayer le processus qui vous visait? En tout cas, plus aucun ordre de mission pour votre adresse n'est parvenu sur mon bureau.

– Dois-je vous remercier? demandai-je naïvement car quelque chose dans le ton du visiteur m'échappait.

– Certainement pas. Je crois que vous mesurez mal la situation. J'ai commis une faute professionnelle. Dans un mouvement de colère. Mon inexpérience à entraver le bon fonctionnement d'une procédure est telle que je n'ai pas même pensé, pour m'abriter, à déchirer en menus morceaux votre avis d'expropriation. J'aurais pu remonter à n'importe quel moment de la journée et procéder à cette ultime fraude. Je m'y suis refusé. Il m'était impossible d'ajouter encore à ma faute.

– Que va-t-il se passer maintenant ?

– Je l'ignore.

QUATRIÈME PARTIE

1

Nous avons éliminé la colonne de cendre. Nous avons réussi. De toute façon, s'il s'agissait bien de mon père, il était déjà mort. La femme de sel et nos deux enfants ont pris en compte mon désarroi face à cette présence. Ils se sont chargés tous les trois de cette besogne sans même m'en aviser. Je ne sais au juste quel moyen ils ont mis en œuvre pour atteindre ce but – et je ne chercherai pas à savoir –, mais ils sont arrivés à leur fin. Le matin, ils m'ont appelé, de leur voix sèche, m'invitant à les suivre à la cave. Le léger amas de cendre se trouvait là, sur le sol, inerte, gris, mort. Rien ne pouvait plus lui donner d'autonomie, cela se voyait. Inerte, mort, comme je l'ai dit.

– Vous avez réussi !

– Oui, dirent les trois voix.

Et ce fut tout.

Malgré cela, nous étions désemparés. Nous n'arrivions pas à reprendre goût à l'existence. Des liens indéfectibles nous unissaient, c'est évident, et la victoire sur la colonne de cendre aurait dû nous laisser pleins de cette joie tranquille à laquelle tous aspirent ; mais depuis la dernière visite de l'employé communal, une sourde inquiétude nous tenait distant les uns des autres. Combien de jours avaient passé ? Nous l'ignorions. Ils devaient être nombreux. Nous n'avions subi aucune menace écrite ou verbale de l'administration. Les premiers temps, nous redoutions l'intervention des forces de l'ordre; à la longue, cette peur s'atténua pour disparaître tout à fait.

Les enfants de poussière passaient beaucoup de temps dans le couloir à l'étage, assis devant la porte de la grande chambre. Avaient-ils perçu de nouveaux bruits? Étaient-ils entrés en relation avec un occupant? Je ne sais. Ils ne me confiaient plus rien. Je les croisais dans mes allées et venues sans oser les regarder. Passaient-ils la nuit là, accroupis ou allongés sur le vieux parquet?

La femme de sel prit l'initiative de parler. Notre mutisme ne convenait à personne. Elle dit :

– Tu dois aller le voir!

Je savais de qui elle parlait. Pourtant je répondis :

– De qui parles-tu?

– De l'employé communal.

– Je ne connais pas son adresse.

– Il habite de l'autre côté de la rue, il nous l'a dit. Ce ne doit pas être trop difficile de trouver.

– Mais pour y aller, je dois sortir de cette maison!

– Je m'en rends compte, je te demande une chose que je n'ai jamais faite moi-même. Sortir. Est-ce si dangereux? Tant d'êtres le font chaque jour, pourquoi pas mon mari? Courrais-tu un risque dans une telle action?

– Aucun risque.

– Alors va le voir. Nous ne pouvons rester comme ceci.

A ce moment, la sonnerie retentit. Nous redressâmes tous deux la tête.

Un inconnu se tenait devant notre entrée. Il dut percevoir la déception sur mon visage mais il n'en avait cure.

Une grande émotion, pour tout dire une grande angoisse me saisit quand je vis sous son bras le même porte-documents qu'emportait toujours l'employé communal.

– Vous êtes envoyé par l'administration? demandai-je.

– Me permettez-vous d'entrer!

Ce n'était pas une question. Il alla d'un pas décidé vers le séjour et s'assit tout en sortant ses documents.

– Je complète un dossier concernant un de vos voisins. Personne n'en a encore ouvert dans le quartier; à croire que toutes ces maisons sont inoccupées. Je me renseignerai d'ailleurs dès mon retour au bureau.

Il regarda ma femme, des pieds à la tête, longuement. Son visage ne laissait rien transparaître de ses pensées. Peut-être ne pensait-il rien. Par bonheur, les enfants se trouvaient à leur place habituelle, dans le hall de nuit, à l'étage.

– Votre voisin d'en face jusqu'à il y a peu était un de mes collègues. Un homme fort apprécié pour sa ponctualité et sa modestie. Le connaissez-vous?

– Il nous a rendu deux visites. Des sentiments amicaux sont nés entre lui et moi.

– Alors ma tâche n'en sera que plus difficile. Voyez-vous, nous l'avons écarté du service. La raison n'est pas secrète mais ne compliquons pas tout, j'en parlerai uniquement si les circonstances l'obligent. Je suis en train de rassembler des éléments à sa charge, nous devons le traduire devant le tribunal du travail. Que cela soit clair : seuls les faits en sa défaveur que vous voudrez bien me confier seront retenus. Nous ne pouvons assurer l'anonymat de vos révélations, un document écrit reprenant vos déclarations vous sera présenté pour signature; il pourra être lu par le juge devant la personne incriminée. Votre absence de collaboration, si votre simple connaissance de faits utiles est prouvée dans le cadre de l'enquête sur mon collègue – il l'est encore jusqu'à sa radiation définitive –, votre absence de collaboration, dis-je, peut entraîner des conséquences lourdes, comme... disons... Mais peu importe, vous aurez à en pâtir.

– Nous n'avons rien à dire contre lui.

– Il ne m'en faut pas plus.

Le visiteur nota NÉANT sur un large encadré au milieu d'une feuille et me la fit signer. Il semblait satisfait en regardant le papier une dernière fois comme pour contrôler si tout y était bien à sa place.

– Que lui reproche-t-on?

– Une bien malheureuse affaire, fit-il en prenant une position confortable sur sa chaise. Sa maison, comme plusieurs autres logements du quartier, était frappée d'un ordre d'expropriation. J'étais moi-même chargé de le lui apporter. Qu'un collègue soit inquiété ne me troublait pas; oh! je ne suis pas sans cœur, mais je savais, vu ses fonctions, qu'il ne lui serait pas difficile de trouver un arrangement pour soit faire annuler ce projet, soit demander sans frais un logement de même catégorie. Les choses, pourtant, en allèrent autrement. L'ordre venait du dernier étage, et quand mon collègue fit valoir ses droits à des informations circonstanciées sur les raisons de l'expropriation et sur les modalités d'une annulation de ce projet, la réaction des cadres supérieurs nous fit l'effet d'une bombe : une assemblée générale était annoncée à ce sujet. Du jamais vu! D'autant plus que notre collègue était exclu de cette réunion. Elle fut d'une brièveté exemplaire. On nous appris que des employés du service de documentation l'avaient vu sortir un dossier d'une armoire de rangement et le jeter à la poubelle. Les témoins, il faut les comprendre, n'osèrent, devant un tel acte, récupérer les documents de peur de se compromettre. Ils assistèrent au nettoyage des bureaux et au vidage des poubelles par le personnel approprié. Ils avaient des torts, c'est évident, mais bien bénins; la surprise, l'incompréhension plaidaient en leur faveur. Quoi qu'il en soit, on nous annonça non seulement le maintien de la procédure d'expropriation mais aussi que notre collègue était écarté de ses fonctions et se verrait, après la clôture de l'enquête, licencié purement et simplement.

– Sa faute était-elle si grave?

– Sans doute pas. Mais que se passe-t-il dans la tête des cadres? Allez savoir.

Le visiteur se tenait sur sa chaise, les épaules rejetées vers l'arrière comme un travailleur manuel très fatigué cherchant un peu de repos. Il avait l'air satisfait, les yeux mi-clos. Allait-il s'assoupir, là, chez moi? Cette idée me dérangeait profondément.

– Votre dossier est-il complet?

– Oui, mais je me sens si bien ici.

Je posai une autre question :

– La raison de l'expropriation vous est-elle connue?

– Oui, fit-il avec un grand sourire d'enfant attardé en se balançant sur sa chaise, oui, oui.

– Me la direz-vous?

– Laissez-moi me reposer un peu avant.

Il s'endormait. Une haine sans borne m'envahissait. Ma nature paisible m'interdisait toute violence envers lui. Je le regrettais. C'était ainsi, la paralysie me saisissait chaque fois en pareille circonstance. Mais à bien y réfléchir, rien ne justifiait le recours à la brutalité. Cet homme ne nous avait rien fait. Le voir s'endormir sans vergogne avait déclenché en moi une hostilité démesurée qui, si mon tempérament avait été tout autre, m'aurait conduit à un excès irréparable.

Mais il devait s'en aller. Au plus tôt.

– Il faut partir! dis-je.

Je le tirai nerveusement par le bras.

– Bien sûr, bien sûr, fit-il en reprenant ses esprits.

Il rassembla ses effets. Un sourire sardonique apparut sur son visage. Qu'il s'en aille! me répétai-je. Au plus tôt!

Et il partit.

2

– C'est décidé !

La femme de sel savait de quoi je parlais. En bonne épouse, elle voulut m'encourager :

– Il ne t'arrivera rien, tant d'hommes traversent les rues.

– Ma décision ne m'engage pas seul. Tu viendras aussi, et les enfants de poussière !

– Mais comment ? s'écria-t-elle, les mains de part et d'autre de sa bouche pour accentuer son étonnement. Nous ne sommes jamais sortis. Survivrons-nous à une telle aventure ? La pluie tombe quelquefois, je la vois par la fenêtre ; quel effet aura-t-elle sur ta femme et tes deux enfants. Constitués comme nous le sommes.

« Nous te suivrons partout, partout où tu le diras ! ajouta-t-elle finalement.

La femme de sel monta chercher les enfants. Ils descendirent immédiatement. Leur mère en deux mots leur avait expliqué mon intention. Ils ne s'étaient pas rebellés ; cette attitude, sans doute, demeurait impossible à des enfants de cette constitution.

Le spectacle ne devait pas manquer d'intérêt : un homme de stature moyenne suivi dans la rue, à la queue leu leu, par une femme et deux enfants nus, assemblés avec des minéraux. Pourtant, à y regarder de près, la rue était complètement déserte. J'en tirai une légère déception. Personne pour nous voir, nous saluer, si la chose se faisait encore de nos jours. Le silence régnait. Pas un souffle de vent. Pas de chaleur. Pas de froid. Début d'après-midi.

Laquelle était sa maison ? De grosses bâtisses isolées nous faisaient face ; toutes en retrait par rapport à la rue, séparées du trottoir par de petits jardinets ni vraiment entretenus ni vraiment abandonnés. Sur toutes les fenêtres, les rideaux étaient tirés. Suivi de ma famille, je regardais sur chaque boîte aux lettres ; les noms avaient été arrachés ou effacés au fil des ans par la pluie. Un homme se tenait dans l'encadrement d'une porte. Un instant, j'avais cru voir un mannequin tant son immobilité se confondait avec l'immobilité du quartier. C'était bien un homme. Un inconnu. Je ne connaissais personne. Il se trouvait à moins de vingt mètres, je ne pouvais dire s'il me regardait ou si ses yeux se perdaient dans le vague. Son visage face à moi.

– Je cherche un habitant du quartier, dis-je.

Il me regardait.

– Il s'appelle… Il s'appelle… continuai-je.

Il me regardait maintenant de façon beaucoup plus soutenue encore. Il ne faisait que cela. Me regarder.

– Je cherche, ânonnai-je de nouveau.

Il allait finir par me tuer. Il ne détournait pas le visage.

Et si je me mettais à rire ! Pour le narguer.

– Vous connaissez son nom ? dit-il brusquement.

Ses lèvres avaient bougé, je les avais vues. Son corps complètement immobile. Mais ses lèvres. Indubitablement, il avait parlé.

– De toute façon, continua-t-il, je ne connais personne ici.

– Il est employé à l'administration communale.

– Tous les jours, d'ici je ne peux le manquer, je vois passer un petit homme avec un porte-documents noir. Je ne vois d'ailleurs que lui de toute la journée. Le temps passe lentement en cet endroit. Et aujourd'hui, il y a vous! Vous êtes en nombre. Quatre passants en une fois.

Il resta encore un long moment sans parler. A chaque interruption, je doutais de l'avoir réellement entendu. Sa fixité, maintenant qu'il ne m'inquiétait plus, me semblait admirable. Que souhaiter de mieux dans une vie?

Il continua :

– L'homme dont je vous parle, si c'est lui l'objet de vos recherches, à son retour le soir, entre chaque fois dans la même maison. Là, elle porte le numéro 27.

Même en disant « là », il n'avait pas bougé la tête ni le bras. Aurais-je pu lui ressembler un jour?

Il était inutile de le remercier. Il n'attendait pas cela. Nous reprîmes la marche, mon escorte et moi, et, rapidement nous arrivâmes au numéro 27.

– Quel nom lis-tu sur la boîte aux lettres, demandai-je à ma femme, je suis trop las pour me baisser.

– Il est écrit rien.

– Il n'est rien écrit!

– Non, il est écrit rien. Le mot : RIEN.

Je baissai le buste pour m'en assurer. L'inscription était effacée, délavée par la pluie comme toutes les autres.

– Il n'y a rien d'écrit, confirmai-je. Pourquoi m'avoir joué ce tour?

– Je ne sais pas lire. J'ai inventé.

Je l'aimais.

Et nous le vîmes. L'employé communal se tenait lui aussi dans l'encadrement de sa porte, au numéro 27. Comme son voisin quelques maisons en aval. Mais là, tout était imparfait. Notre ami voulait à tout prix imiter l'immobilité hors du commun dont nous venions d'être témoin. Il n'y parvenait pas. Incapable de laisser les bras pendre le long de ses jambes, il tâtait de ses mains le chambranle, sans trouver un appui fiable eut-on dit. Sa tête non plus ne parvenait à atteindre une rigidité impeccable. Elle se balançait nerveusement vers le haut, le bas, en oblique. La colère agitait l'employé. Dans sa lutte pour atteindre la fixité, il perdait, et cet échec le rendait furieux.

– Vous l'avez vu, vous l'avez vu, plus bas ?

Aucun de nous ne répondit. Nous aurions tant aimé nier, mais nous l'avions tous contemplé, l'homme immobile. Et il était à ce point supérieur.

L'employé communal se fatiguait, de plus en plus.

Nous avions pitié.

Je franchis la barrière et traversai le jardinet. Je lui tendis la main. Je ne pouvais mieux faire pour le libérer. Il me la serra avec une indifférence intelligemment feinte.

– Un tel trajet avec votre famille, me dit-il, essoufflé.

– Ce n'est pas loin.

– C'est vrai, quand on prend du bon côté.

Il ajouta :

– J'aurais préféré ne jamais vous connaître, ne jamais m'être rendu chez vous, ne jamais avoir laissé un sentiment amical naître envers vous.

– Nous vous aiderons. Nous n'avons pas fait cette traversée dans une autre intention.

– M'aider à quoi, à retrouver ma dignité perdue ? Il est des dommages irréparables.

– Cela, en effet, n'est malheureusement pas en mon pouvoir. Me savoir impliqué dans votre disgrâce me tourmente. Je n'avais aucune intention de nuire à votre tranquillité, vous ne pouvez dire le contraire. En fin de compte, je n'ai rien fait. Les circonstances ont à ce point joué contre vous. Mon aide se situerait sur un autre plan. Vous avez des problèmes de logement, je le sais. Si la procédure aboutit, on vous chassera. Laissez-moi, dans le cas où vous vous retrouveriez sans toit, vous offrir l'hospitalité de ma demeure. C'est le moins que je puisse faire.

– Chez vous, c'est impossible !

– Notre maison n'est plus sous le coup d'une menace d'expropriation, grâce à vous.

– La difficulté se trouve ailleurs. Dites-moi, occupez-vous toutes les pièces de votre logement ?

– Non, fis-je, confus, il est une chambre libre, la plus spacieuse. Mais si vous acceptez mon invitation, nous vous ferons une place ailleurs. Dans cette chambre, voyez-vous…

– Précisément, cette chambre. Elle donne sur la rue ?

– Oui.

– Je la vois d'ici. Une fenêtre que je n'aurais jamais dû regarder. Elle me fait signe. De chez vous. De cette fenêtre. Je ne peux même certifier qu'il s'agit bien de la jeune fille dont je vous ai tant parlé – votre maison se trouve à une certaine distance –; mais elle lui ressemble, vêtue de noir, les cheveux foncés. Elle me fait signe de venir.

« Et si c'était elle ! Maintenant, je ne peux plus la rejoindre, pas sans la dignité que me procurait mon travail.

Je ne trouvais rien à lui dire. Si ma femme, pensai-je à ce moment, avait été habillée et faite de chair et de sang, elle aurait sans doute pu caresser le visage de notre ami et le rassurer par quelques mots murmurés à son oreille. Bâtie de sel comme elle l'était, je ne pouvais l'espérer.

Il nous regardait.

De ses yeux froids.

A ce moment, la chose s'est produite. Les nuages s'étaient accumulés durant notre entretien. Ils crevèrent brusquement en une pluie aussi soudaine qu'intense. L'effroi passa dans les regards de la femme de sel et des enfants de poussière.

– Laisse-nous entrer ! hurlai-je à l'employé.

L'homme me repoussa vers l'extérieur du plat de la main, de toutes ses forces, et referma sa porte sur nous.

En quelques secondes, sous mes yeux, l'averse détruisit ma femme et mes enfants.

DERNIÈRE PARTIE

La façade de la maison, au fil du temps, doit avoir pris une patine qui la rend plus terne encore. Aucun regard maintenant ne la trouble plus; s'il est des gens pour passer encore dans cette rue.

D'ailleurs, puis-je juger de la vie à l'extérieur?

Je vis dans cette cave depuis si longtemps.

Je sais une seule chose : j'affectionne une position, assis sur mon siège trop bas, je me tiens courbé, les coudes sur les genoux. Et je reste comme cela durant des heures. Mon propre père, dans cette même cave, j'en suis certain, se tenait ainsi chaque fois que je lui descendais ses repas. Cela, au moins, n'est pas trouble dans mon esprit.

J'ai pris une décision. Il est difficile dans cet état de passivité de forcer le moindre événement. Cette vie paisible, à nulle autre pareille, ne risque-t-elle pas de basculer suite à un acte, une parole irrémédiable? Mais j'y ai bien réfléchi et rien ne me fera changer d'avis. Je vais lui poser la question! A lui! Peu importe les conséquences. J'évite, depuis ce matin, de trop me la répéter mentalement, de peur de me voir incapable, au moment où il sera là, de la prononcer froidement. Il y répondra, c'est certain, si mon ton est naturel, courtois, comme si cette question m'était venue à l'improviste. Aussi, effaçons-la provisoirement de notre pensée. Mais si je l'efface trop bien? Non, ce ne peut être. Elle jaillira.

D'ailleurs, le voilà. Un peu plus tôt aujourd'hui, me semble-t-il. Il porte une assiette. Comme chaque jour, il va la déposer devant moi sans rien dire – nous ne nous sommes jamais parlé – et reprendra celle de la veille.

Je lui pose la question :

– Es-tu mon fils?

– Oui!

Je savais que cette demande m'ôterait toute ma tranquillité. Cette réponse trop nette, trop courte ne m'apporte rien sinon le devoir de poser d'autres questions :

– Qui est ta mère? Quel est ton âge? Moi, quel est mon âge? Depuis combien de temps suis-je ici? Qui? Quoi? Suis-je vieux? Qu'est-ce que tu fais? Comment t'appelles-tu? Où est mon père? Où est ma femme? Où, mes enfants? Es-tu bien mon fils? Quelle est cette face étonnée? Qui vient ici? Qui t'a élevé? Combien ça fait? Où? Pourquoi m'a-t-on enfermé? M'a-t-on enfermé? Suis-je heureux d'être là? Suis-je consentant? Es-tu bien lui? Comment a-t-elle pu? Mais qui? Viens-tu? Avec qui viens-tu? Seul? Qui est là?

– Oui! répondit-il.

– Oui à toutes les questions?

– A toutes.

Je retrouve la paix. En fin de compte, nous nous sommes toujours bien entendu, mon fils et moi. J'aimerais lui faire comprendre que si j'ai un fils comme lui, fait de chair, de peau et d'os, forcément il doit avoir une mère. Mais il a déjà répondu oui à toutes mes questions. Ne brisons pas le climat d'entente par une insistance mal placée.

Il doit avoir plus de vingt ans. Alors, depuis tout ce temps, je vis ici avec l'unique préoccupation de me raser proprement. Cela ne me fait pas peur, non; ni peur ni amertume; mais tout de même, tout ce temps. Le son de ma voix m'a agréablement surpris, et mon fils m'a répondu avec une telle cordialité. Je recommencerai. J'en suis convaincu. Une conversation coûte si peu et vous apporte tellement. Pourquoi pas maintenant, il a l'air disposé, l'assiette sale à la main, alors qu'il devrait déjà être remonté sans un mot. Essayons :

– Es-tu mon fils?

Non, cette question je l'ai déjà posée. On ne peut être plus maladroit.

– Ne réponds pas! enchaîné-je immédiatement, mû par un excellent réflexe.

Il me laisse passer ce cap difficile sans sourciller. Il attend.

– J'entends des bruits, finis-je par dire, la nuit surtout.

– Des bruits?

C'est déjà une conversation. Il a dit « des bruits? » avec étonnement, comme dans un dialogue normal entre proches parents.

– Oui, des bruits. Ils doivent provenir de la grande chambre inoccupée.

– Impossible!

– Tu es bien affirmatif. Tu sais quelque chose, alors!

– Je passe dans le couloir de nuit, à l'étage, depuis des années. Je ne m'étais jamais soucié de cette porte. Aucune rumeur n'en provenait, pourquoi l'aurais-je ouverte? Pourtant, ces derniers temps, le silence qui en émanait se faisait de plus en plus dense. Pas un silence anodin, non, un silence d'une perfection à couper le souffle. Cela ne peut s'expliquer. Seule une présence d'une rare intensité est capable de susciter une telle absence de bruit. Et cela se passait chez nous. J'ai ouvert. Sans crainte.

« J'aurais dû reculer par réflexe en découvrant un intrus, là, dans notre propre demeure. Bien au contraire, un sentiment de familiarité s'empara de moi à la vue de l'inconnu.

– Un être chétif ni femme ni homme ! Qui se tient derrière un bureau !

– Oui, exactement ! Ou plutôt tout le contraire ! L'inconnu, duquel le silence terrifiant se dégageait quelques secondes auparavant, ne semblait pas se trouver là. Il se tenait à peine à quatre mètres de moi. Toutefois, sa présence n'était pas entière. Comment pourrais-je mieux le dire ? Il était là. Et pas vraiment.

– Il t'a parlé ?

– Oui ! Ou plutôt, non ! Il s'adressait à moi en me visant sans accrocher mon regard. Comme si j'étais volatil. Comme si je n'avais pas de contour.

« Je n'ai rien retenu de ses paroles.

Par cette dernière phrase, mon fils vient de devancer une question. Alors je me tais.

– Tu ne veux plus rien savoir ?

– Non.

– As-tu bien conscience qu'aucun bruit inexpliqué ne se produit chez nous malgré la présence inattendue ?

– Oui, mon fils, oui.

Nous venons de parler, lui et moi. J'ai maintenant la sensation de mieux le connaître, et, en fin de compte, de l'apprécier davantage. Il remonte l'escalier, vers les étages de la maison où il est chez lui. Il porte sous un de ses bras mon linge sale.

Je viens de me réveiller. Cette conversation inhabituelle m'a épuisé. Je ne dors en général jamais durant le jour, sous la lumière du soupirail. Mes nuits sont assez longues pour ça. Mais là, je me suis assoupi d'un seul coup, comme une masse. Maintenant, la clarté de mon esprit retrouvée, je dois me l'avouer : je suis âgé, et tout ce qui m'est arrivé, m'est réellement arrivé, même si je ne veux plus y penser ou y croire.

Mon fils redescend. Un jour est donc passé et il est l'heure de manger mon unique repas. Lui poser de nouveau une question?

Je m'en sens la force :

– Comment t'appelles-tu?

Il pose l'assiette devant moi.

– M'as-tu donné un nom à la naissance?

– Tous les père le font.

– Alors, tu dois t'en rappeler!

Je ne lui réponds pas.

Nous nous sourions.

Les jours se succèdent. Ils ont dû se succéder de nombreuses fois. A présent, la sensation de les voir passer se fait plus aiguë.

Je dis à mon fils :

— Ma vie est finie.

— La décision t'appartient.

— Tu ne devras plus redescendre, jamais.

Il remonte. Ses pieds ne font pratiquement pas de bruit sur l'escalier.

Je me replie, fatigué, sur moi-même.

Achevé d'imprimer en septembre 2001
sur les presses de la Nouvelle Imprimerie Laballery
58500 Clamecy
Dépôt légal : septembre 2001
Numéro d'impression : 108098

Imprimé en France